JN046114

鬼の哭(な)く里

中山七里
NAKAYAMA
Shichiri

光文社

鬼の哭（な）く里

目次

ブックデザイン
坂野公一＋吉田友美（welle design）
イラストレーション
緒賀岳志

一　鬼の棲む村

1

いっそのこと本土決戦になればよかった。

八月十五日が近づく度に巌尾利兵衛はそう思う。二年前の玉音放送の際には雑音で陛下の声がよく聞き取れず、翌日の新聞で敗戦を知った時には失意と喪失感で全身の力が抜けた。

家の中から鉄製品と思しきものは全て供出した。軍に食糧を届けたのも一度や二度ではない。長男は硫黄島で、次男はガダルカナル島で戦死した。

それにも拘わらず負けた。いったい、あの忍耐と苦渋の日々は何だったというのか。国と軍に捧げた物品と息子二人の命はまるで無駄だったというのか。

巌尾家は姫野村の大地主で、代々村長も務めた。当主である利兵衛は近郷近在に権勢をふるっていたが、終戦と同時に衰えを露にした。今にして思えば、あの玉音放送こそが巌尾家の没落を告げる天の声だった。

新時代の到来は旧時代の終結でもある。巌尾家を畏れ崇めていた村民たちは露骨に態度を豹変させた。

利兵衛は今日も野良仕事に出掛ける。今年で六十二歳の利兵衛には土を耕すのもひと苦労だ。何しろ終戦になる前は鍬を握ったことさえない。野良仕事など巌尾家の当主の仕事ではなかったのだ。

畑に行く途中、菅原富吉と出くわした。富吉は野良着姿の利兵衛を見咎めると、満面の笑みを浮かべた。

「おや、利兵衛さん。今から畑かね」

「……見りゃ分かるだろ」

「いやいや、野良着がまるで芝居着みてえだ。見てもちいっとも区別がつかん」

つい二年前、利兵衛の前では頭を下げてばかりだった富吉も、今は傲然と胸を張りこちらを見下ろす。

「利兵衛さんの畑をちょいと覗いてみたが、一日でやあっと三歩（三坪）じゃないか。あれではひと月あっても間に合わんぞ」

慣れない農作業の上、いい齢だ。十になる前から鋤や鍬を握っていた元小作人たちとは比べるべくもない。

「何なら俺が手伝ってもいいですよ。もちろん賃金は頂戴するけど」

賃金を払う余裕など利兵衛にないことを知った上での嫌みだった。

「要らん」

吐き捨てるように言ったが、おそらく富吉の目には虚勢としか映っていないだろう。それくらいのことは利兵衛にも分かる。伊達に小作人たちを顎で使ってきた訳ではない。無用な反抗心や恨みを持たれないよう利兵衛なりに人となりを観察していたのだ。

だが思う以上に利兵衛は皆から反感を買っていたらしい。いや、地主に対する小作人の感情などどこも似たようなものかもしれない。

昭和二十年十二月九日、マッカーサー総司令官は日本政府に対して〈農地改革に関する覚書〉を送り、農地改革を指示した。敗戦国日本に抗う術はなく、政府は以前に提案していた第一次農地改革法を修正した第二次農地改革法を作成し、去年十月に成立させた。

同法の骨子は政府が農地を安値で買い上げて小作人に下げ渡すもので、その対象は以下の通りだ。

・不在地主の小作地の全て

・在村地主の小作地のうち、北海道は四町歩、都府県では平均一町歩を超える全小作地

・所有地の合計が北海道で十二町歩、都府県で三町歩を超える場合の小作地等

農地の買収は今年から始まった。地主たちにとっては欠席裁判のような法律だが相手はGHQだ。涙を呑んで従わざるを得ない。しかもこの時期、急激なインフレを伴って地主に支払われる買上金と小作人の支払う土地代金の価値が大幅に下落したため、タダ同然で農地が譲渡されるかたちとなった。地主にしてみれば踏んだり蹴ったりだ。

土地も人望もなければ畏れ敬う必要もない。働き手の男を二人も失えば残されたのは利兵衛と女房のはつ、そして八歳の末子だけだ。巌尾家持ち分の田畑を管理できる労働力ではなく、去年は前年までの収穫と蓄えの取り崩しで首が繋がったものの、碌に手入れもできなかった。今年の収穫は絶望的だった。

かくして土地も働き手も収穫もない巌尾家は、屋敷が大きいだけの貧農に成り下がった。それでも利兵衛は慣れぬ鋤と鍬を握って畑に出る。

いっそのこと本土決戦になればよかった。

村人全員が竹槍片手に米兵に向かい玉砕してしまえばよかったのだ。

畑に到着した利兵衛は傍らに鍬を置いて座り込む。八月の太陽が容赦なく照りつけ、作業をする前から汗だくになっている。

「よっと」

己を叱咤するように声を出す。そうでもしなければ、なかなか腰が上がらない。再び鍬を握って畑に足を踏み入れる。

本来、この時期は白菜の播種をしなければならないが、利兵衛の手が遅いためにまだ半分も耕せていない。

小作人に任せっきりだった利兵衛にとって、米作り野菜作りは改めて知ることの連続だった。鍬を入れるにしても知識と手順が必要になる。

土が固く締まった状態では根が伸びないので、解して空気をたっぷり含ませるためにしっかり耕す。しかし、だからといって闇雲に耕してしまうと雨が染み込みやすくなり、却って固くなってしまう。そこで土の塊の大きさで三層に分け、表層は滑らか、中間層はやや粗く、最下層は塊と塊の間に隙間ができるように作土する。

初めに一番下層となる部分は粗めに掘り起こす。次にやや粗めに耕しながら堆肥を混ぜる。これで土壌微生物が堆肥を分解して野菜に養分を与えてくれる。最後に小さな土の塊が残る程度に崩して表面をならす。

ところが利兵衛は既に最初の手順で躓いていた。下層を耕す手が重く、のろい。慣れた元小作人なら十分で済む耕作に三十分も費やしている。両手にはマメができ、鍬を振り下ろす度に痛みが走る。痛いから柄をしっかりと握れず、深く耕すことができない。

しばらく続けていると、道の向こう側から歩いてくる二人連れがいた。三園卓一(みそのたくいち)と田山昭三(たやましようぞう)だ。この二人は野良仕事をするのも酒を呑むのも一緒で、まるで別居している兄弟のようだとからかわれている。

「ほほう、利兵衛さんが鍬を振るってるじゃないか」

「危なっかしい手つきじゃや。あれじゃあ、いつか自分の足を耕すんじゃないのか」

「生兵法(なまびようほう)は大怪我(おおけが)の基だぜ」

「村長にしといても大概だったが、小作人やらせても似合わねえ。使い道のないヤツだなあ」

「せめて歳相応の体力でもあればよ」

「ありゃあ女の腹の上でしか運動したことがないんだろうよ。手だって箸より重いものを持ったことがないんだ。鍬を握っているだけでも大したもんだと褒めてやらなきゃな」

この二人も農地改革以後に手の平を返した手合いだった。こちらが怒らないことを知っているので本人を目の前に言いたい放題だ。それでも今日はまだましな方で、利兵衛の耳に届く自身の噂(うわさ)には聞くに耐えないものがある。

総領の甚六。

穀潰(ごくつぶ)し。

役立たず。

悪し様に言われるには理由がある。まだ地主だった時分、小作人たちを自分と同じ人間だと思わなかったし、扱いもしなかった。生まれながらに身分の上下があり、貧富の差があるのは当然だと信じていた。

だがGHQの考えは違うらしく、日本政府もそれに同意した。今、この国にあるのは戦勝国の人間か日本人であるかの格差だけだ。碌に教育を受けてもいない富吉や卓一や昭三が自分と同じか、下手をすれば上からの目線で接してくる。これが新しい時代だというのなら自分の居場所はどこにもない。

この狭い村で生まれてから六十余年、今から外の世界でやっていけるとは思えない。末子は幼く、一家の生活を豊かにしてくれるとも思えない。予想できるのは惨めで困窮した未来しかない。

鍬を振り下ろす手には、一向に力が入らなかった。

辺りが薄暗くなったので野良仕事を中断し、家に戻った。道路から眺める自宅は窓から洩れる光が乏しく陰気臭い。二人の息子が死んでからというもの、更に陰気になった感がある。

利兵衛が戸を開けると、奥の方からはつが姿を現した。

「おかえりなさいませ」

家と同様に陰気な顔と声だ。疲れが倍加しそうなので、利兵衛は女房の顔を見ようともしない。

無言のまま台所に向かうが、卓袱台の上にはまだ一枚の皿もない。

かっとなった。

「飯はどうしたあっ」

「すみません、さっき作り始めたところで」

「俺の帰る時間くらい分かっているだろう。この、のろま」

裕福な頃、炊事洗濯は飯炊き女に任せていた。その飯炊き女にも暇を出さざるを得なくなり、以後ははつが一人で切り盛りしている。段取りが悪く手が遅いのは、利兵衛の野良仕事と一緒だ。

末子の三太郎（さんたろう）は自分の席で所在なげに座っている。長男や次男と違って口数が少なく、大抵母親に隠れてこちらを見ている。やがては跡目を継がせる羽目になってしまったが、こんなことなら三太郎などという安易な名前ではなく、もっと跡継ぎに相応（ふさわ）しい堂々とした命名をするべきだった。しかし今更後悔してもどうにもならない。兄たちの戦死を知ってからは尚更（なおさら）無口になり、最近では笑顔すら見せなくなった。母親が陰気臭ければ息子は辛気臭い。村に居づらい上に家の中にも居場所がないのかと、利兵衛は胸に澱（おり）が溜（た）まる。

その日の夕飯は砂を噛（か）んでいるようだった。


利兵衛が黒淵（くろぶち）という種屋の訪問を受けたのはちょうどそんな時だ。

以前から元地主の巌尾家には何人かの種屋が出入りしていた。馴染（なじ）みの業者もいたが、中には遠くから足を運んでくる新顔もいた。黒淵は新顔の一人で、北関東からやってきたという。

「今、パセリが流行（はや）っているんですよ」

ひと通り世間話を済ませた後、黒淵は本題に入った。

「終戦からこっち、家庭でも洋食が増えてましてね。付け合わせみたいな印象がありますが、栄養価に優れているので最近見直されているんですよ」

　姫野村で作る野菜といえば白菜とジャガイモくらいで、パセリの栽培など誰一人手掛けていなかった。利兵衛自身が食卓の飾りには興味もなかったので種苗の購入も考えなかった。

「巌尾さん、ＧＨＱとともにアメリカの文化が大量に流れ込んでいます。食文化も例外じゃありません。アメリカをはじめとした外国からの援助で学校給食が再開されましたが、やはり献立はパンやミルクといった洋風です。日本全国の食卓に洋食が並ぶのはあっと言う間です。いつまでも米の時代じゃないですよ」

「知っているかもしれないが、二年前から地主ではなくなった」

「法律で決まってしまいましたからね。だからわたしも巌尾さん個人にお勧めしている訳です」

「恥ずかしい話、慣れない野菜を扱っていける自信があまりない」

「そこは大丈夫です」

　黒淵は胸を張ってみせる。初対面とはいえ、こうした態度を見せられると利兵衛も乗り気になる。

「パセリっていうのはとても丈夫で寒さに強い野菜です。霜害（そうがい）にならない程度の寒さなら簡単に越冬し、次の春には新芽が出てきます。畑の手入れも最小限で済むので素人にも作れます。第一」

　黒淵は俄（にわか）に声を低くする。

「この辺りでパセリを栽培している農家は一軒もありません。つまり巌尾さんが始めれば先駆者になります。そして先駆者というのは往々にしてシェアを獲得できるんです」

「横文字はよく分からんのだが」

「簡単に言えば市場を独占できるんです。消費者だって、その作物に詳しい生産者、最も多く扱っている生産者を信頼しますからね」

「要するに一番になれるということか」

「農地改革のために全国の地主が多くの土地を失いました。しかし土地を取られたら名誉や高収入で見返せばいいだけの話ですよ」

名誉と高収入。

利兵衛は旧態依然とした考えの持ち主なので、土地を持つ者が一番偉いという認識に縛られていた。だが土地は取りも直さず名誉と富を生む源泉だ。それならば直接名誉と富を得るも同じではないか。

「買う」

利兵衛は即断した。新しい農作物に切り替えることへの不安はあったものの、一度失ったものを取り戻す誘惑には勝てなかった。

「始めるのなら広い畑で大量に栽培するべきですよ。最初は勝手が分からないから、どれだけ売れるものが作れるか予測できません。発芽率を考えれば多めに作っておいた方が安全というものです」

都会ほどではないにせよ農村もまだ食糧不足が続いており、種苗も決して安くはない。黒淵が提示した種苗の価格は巌尾家の蓄え分とほぼ同額だった。

だが、これはれっきとした先行投資であって博打ではない。黒淵の言う通り、何でも最初は歩留まりが良くない。二年三年と試行錯誤を続けるうちに収穫は安定してくるのだ。

パセリ栽培を決断したが、はつには黙っていた。はつのことだから、どうせうじうじと取り越し苦労をするに決まっている。第一、蓄えているのは全て自分のカネだ。女房ごときにとやかく言われる筋合いのものでもない。

巌尾家の当主たる者、黙って結果だけ出せばそれでいい。不言実行というのは自分のためにあるような言葉だ。

黒淵を送り出した後、利兵衛はパセリ栽培で巨万の富と絶大な信望を得る自分を夢想し、なかなか寝つかれなかった。


パセリには春播きと秋播きがあり、前者は三月中頃から、後者は九月中頃から始める。収穫を少しでも早めたい利兵衛は当然のように後者を選択した。

播種には事前準備が不可欠で、二週間前に苦土石灰を入れて畑を耕しておく必要がある。パセリの根は直根性なので深く耕した方が生育がいいと黒淵から教えられた。一週間前になったら元肥を入れて耕し、高さ十センチ程度の畝を立てる。排水が悪いと根が腐りやすいので水はけを良くしておく。

種が乾いてしまわないように水やりを忘れてもいけない。パセリは発芽するために光が必要な好光性種子なので、土は薄くかけるに留める。ただし土が薄いと早く乾きやすいので、水やりが必要かどうかをこまめに確認する。

教えられた通りにやってみると、案に相違してパセリ栽培も楽ではないことを思い知らされた。手のマメは相変わらずだし、作物を替えたからといって段取りがよくなる訳ではない。中腰は五分と保たず、九月の残暑にへたり込む。畑の手入れが最小限で済むという触れ込みだったが、その最小限が利兵衛にとっては重労働なのだ。

それでも途中で音を上げなかったのは、偏に希望があるからだった。今から播種すれば四月には収穫できる。畑一面を覆う深い緑と独特の強い香り。利兵衛の頭には情景が浮かび、匂いすら感じ取れる。

あと半年。

あと半年肉体に鞭を打ち続ければ必ず報われる。近郷では誰も手を付けなかった野菜を作り、洋食ブームに乗ってパセリ栽培を県の特産品にまで育てた立志伝中の人物、巌尾利兵衛――。収入はもちろん、県の基幹産業を押し上げた功労者として自分の名前は未来永劫語り継がれるに違いない。

夢想が妄想を呼び、妄想が確信に近づく。その確信があったから、うだるような残暑に凍てつく寒風に、そして骨まで冷たくなるような雪に耐えることができた。

さすがにはつも、利兵衛が新しい作物に挑戦しているのに気づき、色々と問い質してきた。

「パセリなんて、あたしはここ数年見たこともありません。お呼ばれした家でも、どこでも」

「本当だったら白菜を作るはずだった畑を全部パセリ作りに使うなんて」

「種を買うのに、虎の子のおカネを全部注ぎ込むなんて」

「もしパセリが売れなかったら、どうするつもりなんですか」

普段であればひと声怒鳴るか殴るかすれば口を噤むはつも、今回ばかりは黙っていなかった。

「もう、ウチにあるのは春先までのお米と野菜と味噌だけなんですよ。春を過ぎたら、あたしたちはどうやって生活していけばいいんですか」

あまりしつこいので顔が腫れるまで殴ってやった。

気がつけば、三太郎が柱の陰から二人のやり取りをじっと見つめていた。


そして到来した収穫直前の三月、利兵衛は信じられない光景を目撃する。

晴天の下、パセリ畑は深緑どころではなかった。申し訳程度に何株かは生育しているものの大半は雑草にしか見えなかったのだ。

「まさか」

自然に声が出た。

「そんな馬鹿な」

我が目を疑い、利兵衛は畑に足を踏み入れて土を掘り起こしてみた。

やはりそうだ。芽も出ていない箇所にはまだ種がそのまま埋まっている。僅少とは言え他のパセリは生育しているのだから、同じ種とは到底思えない。

いったい何が起きた。

利兵衛は憑かれたように至るところを掘り返す。いくら懸命になっても結果は変わらない。まともに生育したパセリは全体の一割といったところで、残りはB級品ですらない。

「嘘だ」

息をするように絶望と呪詛の言葉が出る。

「こんなこと」

「あんまりだ」

「嘘だ」

「チクショウ」

「あの野郎」

「こ、殺してやる」

口から出た言葉は記憶にない。明確に憶えているのは黒淵に対する、劫火のような怒りだった。

黒淵の名刺にあった連絡先は全て出鱈目だった。一月まで通じていた電話も不通となり、住所に向けて送った抗議の手紙は宛所なしで返送されてきた。

後日、利兵衛は自分以外にも同様の被害をこうむっている者がいるのを新聞で知った。

所謂、種苗詐欺だ。本物の種苗に混ぜ物をして増量したり、故意に発芽率の悪いものを売りつけたりして代金だけをふんだくる。折角種を播いても半分しか芽が出ず、生食用キュウリのつもりで育てたのに、硬い漬物用が生えてしまう始末だ。ところが種を購入した農家が気づく前に、詐欺師は姿を消している。哀れ騙された農家は泣き寝入りするしかない。

「そもそも巌尾さん、あんたも元地主だった人間なら、種が本物か偽物かくらい分からんかったんかね」

　駆け込んだ駐在所の警官は侮蔑と同情の入り交じった目で利兵衛を見た。事情を知らない者にすれば、寿司屋が魚の種類を間違えるようなものなのだろう。

「その、黒淵だったか。あんたを騙した男から名刺以外のものは受け取ってないのかね」

「はあ」

「いくら男の弁舌が巧みでもねえ。ほとんど全財産を支払いに回すんだから、もうちょっと慎重になるべきでしょう」

　まるで騙された方が悪いとでもいう物言いだったが、利兵衛には返す言葉もない。指摘される内容全てが、ぐうの音も出ない正論だった。

　どうして初対面の男の口車に、ああもあっさり乗せられてしまったのか。黒淵の口が上手かったのは確かだが、利兵衛にも原因がある。

　とにかく焦っていたのだ。過去の栄華を取り戻したい一心で、舞い込んできた儲け話に一も二もなく飛びついてしまった。今にして思えば噴飯ものだが、あの時は目が眩んでまともな判断力を失っていたとしか考えられない。

「一応、被害届は受理しますが、あまり期待はせんでくださいよ」

　駐在所からの帰路はひどく遠く感じられた。足が途轍もなく重く、まるで砲丸を引き摺って歩いているようだった。

　利兵衛が詐欺に遭ったことを知るなり、今度ははつの口数も少なくなった。非難がましい言葉を浴びせる訳ではないが、こちらに向ける視線が冷ややかになった。この視線は富吉や卓一や昭三が利兵衛を蔑む時のそれと酷似していた。とうとうはつまでもが亭主を愚鈍と認めた瞬間だった。無論、その視線を甘受する利兵衛ではなく、折に触れてはつを殴打するようになった。泣きながら止めに入った三太郎も容赦なく打ち据えた。

変に取り繕うのは惨めであり、妙な慰めは尚更苛立たしい。遂に巌尾家の会話は途絶えた。はつと三太郎は言葉を交わしているかもしれないが、少なくとも利兵衛の前では沈黙を貫いていた。

陰気さは更に重なり、辛気臭さは許容範囲を超えた。利兵衛もすっかり無口となり、巌尾家は落胆と憎悪と劣等感の渦巻く場所へと変貌した。

普通に村を歩いていれば田畑は嫌でも目に入る。利兵衛がパセリ栽培に失敗したのは村中に知れ渡る。新聞報道とともに、利兵衛はいとも簡単に騙された元地主として嘲笑の対象となった。男たちに限らず、女子供までが道行く利兵衛を指差して嗤う。

「普通、パセリの種かどうかなんて簡単に見分けがつくだろうに」

「あたしたちだって区別がつくよ、そんなもん」

「何が元地主だ。素人以下じゃねえか」

「地主なんて馬鹿でも務まるって証拠さ」

とうとう利兵衛は日が暮れて人通りが絶えてからでないと表に出なくなってしまった。

収穫は皆無に等しかったので、あっと言う間に巌尾家は困窮した。米代にも事欠く有様となり、はつはカネの工面に回らねばならない羽目となる。隣近所に頭を下げ、羞恥と屈辱で顔を真っ赤にしながらカネや食糧を借りてくる。こうなれば一家の養い手ははつであり、利兵衛はますます家に閉じ籠るようになった。

親に感化されたのか、村の子どもたちまでが巌尾家を嘲笑しだした。家の前を通る度に稚拙な揶揄を繰り返し、時には犬猫の糞を投げ入れてくる。全ては地主の頃に利兵衛が村人たちに見せた振る舞いの返礼に過ぎなかったが、それで利兵衛が自省するはずもなかった。

利兵衛が精神に変調を来し始めたのはこの頃だった。元々下戸なので酒に逃げることもできず、家の中で女房と息子相手に当たり散らすばかりで怨嗟と劣等感は鬱屈する一方だった。

どうしてこうなった。

いったい何が悪かったのか。

いや、そもそもどうして代々地主を務めてきた巌尾家の当主がこんな目に遭わなければならないのか。

自分に落ち度があろうはずがない。何故なら自分は歴代当主の言行をそのまま踏襲しただけだからだ。先代たちが間違っていないのなら自分も間違っていないはずだ。

間違っているのは村人たちだ。あいつらが巌尾家から土地を盗み、利兵衛を蔑んだからこうなった。全ての元凶はあいつらだ。

薄暗くだだっ広い屋敷の中で、利兵衛は静かに狂気の唄を歌い始める。

2

昭和二十三年八月十三日。

この日、姫野村は年に一度の祭りだった。小学校の運動場に櫓（やぐら）が組まれ、露店には子どもたちが並び、女たちは日頃の憂さを踊りで解消させ、そして男たちは酒盛りに興じる。

ただ一人利兵衛を除いて。

浴びるほどの酒を呑み、赤ら顔で笑い、野卑な声を上げる。猛（たけ）る欲望に抗しきれなくなった若衆の一部は後家の住む家へと向かう。年に一度の祭りは無礼講の日でもある。普段は許されない言動も大目に見てくれる。

それは自分も同様だと利兵衛は思った。

普段から嘲笑され、侮蔑され、徹底的に疎外されている。ならば今日くらいは自分がやりたいことをさせてもらおうではないか。

男たちの酒盛りが終わる時刻は分かっている。深夜一時を過ぎれば三々五々と散り、ある者は自宅へ、そしてある者は田んぼの畔（あぜ）で寝穢（いぎたな）く眠りこける。どちらにしても朝まで目覚めることはない。利兵衛は胸を躍らせながら床に就く。今夜は夜なべ仕事になるので、今のうちに睡眠を摂っておく。大したもので、目を閉じると利兵衛はすぐ眠りに落ちた。

目が覚めた時、枕元の時計は午前二時きっかりを示していた。

利兵衛は寝間着から野良着に着替え、激しく動き回っても服が乱れないように兵児帯をきつく締める。地下足袋は軽過ぎず重過ぎず、とにかく脱げにくいものを選ぶ。

はつと三太郎は完全に寝入っており、玄関にいても寝息が聞こえる。幸運だと思った。自分にとっても、二人にとっても。

屋敷を出て物置小屋へと移動する。小屋には大小様々の農具が揃っているが、今夜の得物は既に決めてあった。

まず鋸鎌を二本。柄が短くて持ちやすい。固い茎や根は鋸を引くようにすれば簡単に切れる。二本も用意するのは脂で切れ味が悪くなった時に対処するためだ。もちろん昨日のうちに刃先は鋭く研いでおいた。試しに指先でなぞると、分厚いはずの皮膚がすうっと切れた。

次に備中鍬を一本。刃が四本に分かれており、通常は粘土質の固い土を掘り起こす際に使用する。相応の重さがあり、鋼を刃先に巻きつける加工をしているので破壊力は抜群だ。もちろんこれも刃先は尖っている。ただし握ったままでは動きづらいので、兵児帯の後ろに挟んで背負い込むことにした。まるで忍者のような出で立ちに、利兵衛はほくそ笑む。

午前二時二十分、出陣。

見上げれば満月が村一帯を照らしている。真昼のようとまではいかないが、行動するには全く支障のない明るさだ。利兵衛は天に感謝する。きっと利兵衛の大願が成就するように祝福してくれているに違いない。

何と清々しく、心躍る夜なのだろう。

昨日まで村道を歩くのは苦痛でしかなかった。他人の視線を矢のように感じ、足が鉛に感じられた。ところがどうだ。今夜、利兵衛は自信に満ち溢(あふ)れ、身体(からだ)は羽が生えたように軽い。万能感が心を満たし、前途を遮るものは何も存在しない。

昨日までの利兵衛は生きる屍(しかばね)だった。今夜を限りに運命は変わる。自分は再び姫野村に主として君臨するのだ。

最寄りの民家は菅原富吉の家だった。家の中から明かりは洩れておらず、音も一切聞こえない。

引き戸に指を当てると、あっさり開いた。夜でも施錠をしない村のおおらかさが住人の運命を左右する。

中に入った途端、異臭がぷんと臭った。別に何かが腐っている訳ではなく、これが菅原家特有の臭いなのだろう。臭いの元は家族の体臭と生業に纏(まつ)わるものだ。富吉の体臭を想像すると嫌悪感で身の毛がよだつ。一刻も早く立ち去りたい気持ちと、緊張感を楽しみ続けたい気持ちが拮抗(きっこう)する。

以前に訪れたことがあるので菅原の家の間取りは頭に入っている。夫婦の寝床は廊下を渡った奥にあるはずだった。ゴム底の地下足袋は足音を殺すのに便利だ。重装備の利兵衛が歩いても軋(きし)む音しかしない。これは菅原の家が安普請(やすぶしん)なせいで、もう少し立派な家屋であればおそらく物音一つしないだろう。

記憶していた通り、奥の部屋は夫婦の寝床だった。照明がなくても、窓から洩れる月明かりで部屋の様子は隅々まで見通せる。中央に布団がふた組、右の布団からごま塩頭と上半身を覗かせているのが富吉だ。

よほど痛飲したとみえ、利兵衛の立っている位置からでも酒臭いのが分かる。鼾もうるさい。こんな状況でよく隣に寝ていられるものだと富吉の女房に少し感心する。

利兵衛は腰を屈め、そろそろと富吉の掛布団を剝がす。思った通り、褌以外は身に着けていない。

暑いから褌一丁なのか、それとも酔っ払って着替えるのも面倒臭くなったのか。いずれにしても利兵衛に都合のいいことに変わりはない。富吉の身体を跨ぎ、真上に立つ。

利兵衛に見下ろされる格好になっても、富吉はぐおうぐおうと鼾をかいている。能天気な男だ。他人の気持ちが分からない人間は己に差し迫った危機も感知できないらしい。要は人間がどこまでも愚鈍で、繊細さの欠片もないからだろう。

名乗りを上げたい衝動を抑え、利兵衛は背中の備中鍬を抜く。畑を耕す際の要領で大きく振りかぶり、富吉の胸部に狙いを定める。

深く吸ってから息を止め、渾身の力を込めて真っ直ぐに振り下ろす。

骨と肉の潰れる音がした。同時に感触が手に伝わる。

「ぐはあっ」

一瞬遅れて富吉の上半身が跳ねる。鍬の先端がかなり深く食い込んでいるというのに何という力だ。お蔭で利兵衛は突き飛ばされ、富吉の足元に尻餅をついてしまった。

富吉は自分の身に何が起きたのかを認識できない様子で胸を押さえている。まだ闇に目が慣れていないのか、利兵衛がいることにも気づいていない。

途端に恐怖が襲い掛かってきた。

利兵衛は慌てて鍬を握り直し、立ち上がって第二打を振り下ろす。

「がはっ」

第二打は鎖骨の辺りに突き刺さった。だが致命傷にはならず、富吉はますます暴れ回る。

利兵衛がまごついている間に女房が目を覚ました。

「うるさいわね。いったい何」

言いかけた女房は瞬時に異状を察知した。見る間に驚愕（きょうがく）の表情になり大きく口を開ける。

今、叫ばれてはまずい。

狙いを富吉から女房に変更し、鍬の切っ先をこめかみ目がけて振りきる。

やはり骨と肉の潰れる感触が手に伝わる。富吉と比べて脆（もろ）く感じるのは肉付きの違いからだろうか。女房はひと声呻（うめ）くこともなく横に倒れた。

ようやく危険を悟ったのか、富吉は這（は）うようにして布団から転げ出る。こちらを見ていないのは幸いだ。利兵衛は再び鍬を大きく振りかぶり、富吉の後頭部に打ち下ろした。

ぐしっ。

切っ先は確実に頭蓋骨を破砕し、中の脳漿（のうしょう）が飛散した。

「ひ、ぐ」

富吉はカエルが潰されたような声を洩らし、畳の上に伸びるとそのまま動かなくなった。

恐怖はまだ持続しており、利兵衛は足で富吉の脇腹を突く。

反応なし。

利兵衛は己の肩が大きく上下していることに気づく。額は汗でしとどに濡れている。空いている方の手で拭ってみると、汗にしては粘着性がある。付着した体液を何げなく舐めてみると鉄の味がした。

血だ。

富吉か女房のどちらか、あるいは両方の返り血を浴びたのだ。顔を撫でてみると、どうやら浴びたのは一カ所や二カ所ではないらしい。

獲物の返り血を浴びたことで利兵衛の罪悪感は完全に吹き飛んだ。ばたばたと音を立てて玄関へと戻り、菅原の家を飛び出す。

外に出てから深く息を吸い込む。新鮮な空気が肺を満たし、ようやく利兵衛は人心地がついた。

ぐずぐずしてはいられない。鍬を背中に戻すと利兵衛は次の獲物を求めて走り出す。迂闊だった。富吉の殺害については何度も頭の中で練習したが、女房も殺す羽目になって徒に時間を費やしてしまった。これでは夜明け前までに何人殺せるか心許ないではないか。

数十メートル走って三園卓一の家に辿り着く。富吉の家よりも小さい。三太郎と同い年の子どもがいるはずなので、変に騒がれたら声が外に洩れて厄介だ。

富吉夫婦を襲撃した際の工程を反芻してみる。最初に致命傷を与えようとして備中鍬を振るったが、結果として一撃で終わらず却って時間を食った。人間の肉体があれほど頑丈だとは予想だにしなかったし、己の力不足も一因だろう。

最初はもっと刃の入りやすい部位を狙うべきかもしれない。抵抗力を奪った上でとどめを刺せば暴れられることもない。

三園家の玄関も施錠されていなかった。戸を引いて中に身体を滑り込ませる。やはりこの家にも独特の臭いが充満している。微かに乳臭いのは幼い子どもがいるせいだろう。

卓一夫婦の寝床は玄関を入ってすぐ、廊下左側にある。果たして襖を開けてみれば親子三人が並んで寝ていた。もっとも卓一は帰宅が遅かったためか、二人とは離れた場所に布団が敷かれている。

好都合だ。

近づくと卓一は、これも鼾をかいている。富吉ほど豪快ではないが、身体を揺する程度では起きそうもない。ますます好都合だ。

屈み込んで、傍らに放り投げてある掛布団の端を摑む。更に片方の手で鋸鎌を抜き出す。息を殺して布団の端を卓一の口元に近づける。

一気に布団で口を押さえつけ、同時に鎌で首筋を切開する。

男の荒れた肌だが、よく研いだ鎌にかかればまるでバターのように切れる。首を切るのはニワトリを絞めるので慣れている。太さは違うものの、取り扱いは似たようなものだ。刃を抜いた次の瞬間、切開部分からぴゅるぴゅるとか細い笛のような音がした。

噴出した血が見る間に敷布団を赤く染めていく。数秒が経過し、ようやく卓一が目を開いた。

何事が起きたのか理解できないまでも両目には恐怖の色が浮かんでいる。叫ぼうとしても口を封じられているので声の出しようがない。

それでも生存本能が働いたのか、覆い被さる利兵衛の腹を膝で蹴り上げてきた。予想外の抵抗に遭い、利兵衛は体勢を崩す。年齢差に加え普段の運動量も違う。死の危険に瀕した者の体力は決して侮れない。

利兵衛は鈍痛を堪えながら第二打を放つ。今度は真上から鎌を突き刺すが、卓一が両腕を突っ張って利兵衛を撥ね除けようとするので深く刺さらない。そうしている間にも首筋からは出血が続いて体力は削られているはずなのに、抗う力は一向に減じない。

くそ。

利兵衛の自制心が崩れ、獣の本能が牙を剝く。口を塞いでいた手で卓一の顔面に拳をめり込ませ、一瞬抵抗が緩んだ隙を見て鎌を何度も振り下ろす。

ぐさっ。

ぐさっ。

ぐさっ。

次第に利兵衛の身体を突っぱねていた両手が力を失っていく。

やっと、とどめを刺せる。

鎌の刃先を心臓の上に当て、己の全体重をかける。

ずずずず。

肉を無理に押し広げる感触が伝わる。刃は肋骨の間をすり抜けて胸の深奥に達した。

○3○

そのままの姿勢で覆い被さっていると、やがて卓一は動くのをやめた。身体を離すと同時に刺さっていた鎌が抜け、傷口からはどろりと大量の血が流れ出る。

終わったと思った刹那(せつな)、寝ていた卓一の女房が目を覚ました。闇に目が慣れるのが早いとみえ、瞬く間に驚愕の表情を浮かべる。

騒ぐな。

利兵衛は駆け出し、女房の左眼窩(がんか)に鎌の切っ先を突き入れる。

瞬間、手の平が意外な硬さを感知する。眼球というのは予想以上に頑丈で、破裂した際の衝撃は相当なものだった。

眼球を貫いた切っ先が頭蓋の中心を破砕したのか、女房は声を上げる前に絶命した。鎌を引き抜くと、ほとんど原形を留めない眼球が一緒に飛び出てきた。

子どもはまだ安らかな寝息を立てている。行き掛けの駄賃に殺してやるのも一興だが、残念ながら成人した獲物が多数残っている。利兵衛は子どもを放置して家を出た。

月は相変わらず皓々(こうこう)と辺りを照らしている。どの家も明かりは消え、物音一つしない。二組の夫婦を血祭りに上げたが、未だに誰も気づいていないらしい。

滑り出しはいささか泡を食ったが、その後は順調に事を進めている。

一方で反省もある。頭で予行演習をしたにも拘わらず、またもや本番で慌ててしまった。いったん鎌を使うと別の得物に頭が回らなくなる。扱いやすい鋸鎌と殺傷能力の高い備中鍬を効果的に使い分けなければ無駄に手間と時間を食うだけだ。

気がつけば鎌を握ったままだった。刃の部分はぬらりと血と脂が残り、指の腹を当てると切れ味が鈍っていた。元より草を刈る農具だ。肉やら骨やらを切り続ければ切れ味が悪くなるのは当然だった。

野良着の裾で拭ってみるがなかなか滑りは取れない。ふと思いつき、畦道の土を塗してみると簡単に取れた。だが纏わりついているものがもう一つある。

血だ。

富吉夫婦の時よりも大量の返り血を上半身に浴び、野良着は斑に染まっている。顔面にも滑りを感じるので、おそらくは血塗れになっている。時間経過とともに血が乾き、表情筋を動かすと皮膚が突っ張る。さぞかしとんでもなく禍々しい面になっているに違いなく、その様を想像して利兵衛は笑い出したくなる。

皮膚の突っ張り以上に難儀なのは臭いだ。自身の血ならまだしも他人の、しかも憎むべき相手の血は異臭でしかなく、唯々不快だった。

だが几帳面に顔を洗っている暇などない。利兵衛は次の獲物を求めてまた駆け出す。

田山昭三の家は火の見櫓の傍に建っている。家の者に気づかれたら櫓に備え付けの鐘で変事を知らされる懼れがある。

三軒目ともなればさすがに手慣れてくる。音もさせずに戸を開き中に侵入する手際の良さには我ながら感嘆するほどだ。

有難いことに昭三はすぐに見つけられた。なんと廊下の真ん中で大の字になって寝ている。普段着のままでいるので、自宅に着き次第酔い潰れたに違いない。

狭い家だ。昭三が大声で叫びでもすれば家人を起こしかねないので、寝床から離れているに越したことはない。利兵衛は上り框を跨いで昭三に忍び寄る。

昭三は廊下に突っ伏しているのでこちらの顔は見えない。利兵衛は未使用の鋸鎌を取り出し、昭三に馬乗りした上で頸部に刃を当てる。

鎌を引くのは一瞬だ。

草を刈るのも人の首を刈るのも大して変わりない。確かな手応えの直後、昭三の首からは大量の血が噴き出た。

昭三の反応を待つことなく、利兵衛は第二打に移る。今度は喉に刃を当て、首を切断する気で引き上げる。

さすがに草を刈る程度の力では済まず、抵抗も大きかった。勢い余って、利兵衛は自分の左腕にも傷を負ってしまう。だがアドレナリンが分泌しているお蔭なのか痛みはさほど感じない。

利兵衛が馬乗りになっているため、昭三の抵抗は上半身を反り返すに留まった。喉笛を切り裂かれているので、まともに叫ぶことさえできない。ただ四肢をばたばたさせ足掻くだけだ。廊下には昭三の首から流れ出た大量の血液が血溜まりとなっている。

利兵衛はやおら立ち上がると右足で昭三の身体を固定したまま、背中の備中鍬を抜く。大量の出血と痛みにより、昭三の抵抗も弱々しくなっている。

首の後ろに狙いを定め、一気に振り下ろす。

ごりっ。

四本の切っ先が深く食い込む。鍬を引き抜いた途端、ごぼりと血が溢れ出る。

もう一度、渾身の力を込めて振り下ろす。

ぐしり。

それはスイカを両断する時の音に似ていた。昭三の首は胴体から離れ、血溜まりの上にごろりと転がる。

「何の騒ぎよ」

正面からの声に顔を上げると、奥の部屋から昭三の女房が顔を出したところだった。

この女房も反応は早かった。

廊下に転がる亭主の死体を見るなりその場で腰を抜かし、利兵衛の顔を認めて「ひい」と短く喘（あえ）いだ。

大声を出すな。

既に、家人に目撃されても狼狽（ろうばい）することはない。利兵衛は落ち着き払って備中鍬を持ち直すと、背中まで振りかぶった姿勢のまま突進する。尻餅をついた女房は目玉が飛び出さんばかりに見開くものの、蛇に睨（にら）まれた蛙のごとく身動き一つしようとしない。

四本の刃先は女房の頭頂部に突き刺さった。刃の長さを考えれば、頭蓋骨どころか脳髄まで貫通しているものと思われる。

女房はもう呻きもしなかった。備中鍬を抜かれると、そのまま崩れるように倒れていく。

その時だった。

利兵衛を照らす光があった。

「誰」

誰何の声に振り返ると、玄関先で懐中電灯を突き出す子どもが立っていた。顔に見覚えがある。昭三の長男坊だ。

見逃していた。

田山家の厠は母屋の外にある。夜中に催して家から出ていたのだろう。

利兵衛は懐中電灯の光を正面から浴びる。次の瞬間、子どもが叫ぶように言った。

「お、鬼や」

まさかそんな風に叫ばれるとは思わず、利兵衛は束の間動けなかった。

「赤鬼やあっ」

絶叫して子どもは脱兎のごとく駆け出す。慌てて後を追いながら、利兵衛は何故赤鬼なのかと訝しんだ。

すぐに察しがついた。

返り血だ。六人の男女を殺害し、自分は大量の返り血を浴びた。血で真っ赤に染まった利兵衛の顔が、子どもの目には赤鬼に映ったのだろう。

「赤鬼やあっ」

昭三の子どもは逃げ足が速く、おまけに声が大きかった。

「父ちゃんと母ちゃんを殺しよったあ」

加えて機転が利いた。大声で悲鳴を上げ続け、遂にはぽつぽつと明かりを点(つ)ける家が出始めた。子どもはそのうちの一軒に逃げ込むが、既に明かりの点いた家からは様子を見に顔を出している者もいる。

まずいと思った。

村は一本の村道に貫かれ、外部への出入りはその両端しかない。ところが子どもが向かった先は次々と家の明かりが点いているので、真っ直ぐ進めば利兵衛の姿を見咎められる。

咄嗟(とっさ)の判断で踵(きびす)を返し、今来た道を逆に辿る。反対側に走れば退路が開けるという読みだった。

後ろに背負った備中鍬は走るのに邪魔だ。兵児帯から抜いて道に放り出した。このまま突っ走り、村の外に逃げよう。

だが甘かった。子どもの悲鳴を聞きつけたのか、前方の家にも明かりが点き始め、おまけに富吉の家からは物々しい悲鳴が上がっている。

何人か道に出てきた者もいる。

「誰だ、あいつ」

「鎌を持ってる」

「さっき赤鬼がどうたら叫んでいたな」

これ以上前方には進めず、後ろも封じられた。進退窮まった利兵衛は道路脇から延びる杣道(そまみち)に進路を変更した。

「山に逃げるぞ」

「追え」

薄暗がりでも土地鑑のある者には大した障害にはならない。利兵衛は一目散に杣道を駆け上がる。村を見下ろす裏山は那岐山から続いており、標高こそ高くないが杣道と獣道が縦横に入り組んでいる。身を隠すには絶好の場所だった。道が狭い上に下草や背の高い雑草が鬱蒼としているために進むのも困難だ。

凶器に使用した鋸鎌が意外な局面で役に立つ。両手で邪魔な草木を断ち切るので、利兵衛の進行を阻むものはない。事実、追っ手が持つ懐中電灯の光はあらぬ方向を照らすばかりで、しかも利兵衛との差は広がる一方だ。自分の後を追うにしても道具を揃える必要があるから、時間的にも空隙が生じる。

裏山の中腹を過ぎると捜索の声は、はるか遠くに退いていた。

切迫感は霧消し、代わりに安堵とささやかな達成感が胸を満たす。村人全員とまではいかなかったが三組の夫婦、つごう六人を血祭りに上げた。時間も得物も限られている条件下では、むしろ上出来ではないか。

自分が手にかけた生贄たちの死に様を思い返す。誰も彼も驚愕し、苦悶し、そして絶望に堕ちていった。何故自分がこんな目に遭うのか理解できないという顔をする者もいた。

他人の生殺与奪の権を握れるのは支配者だけだ。その意味で、六人もの男女を屠った利兵衛こそ今宵の支配者に相違なかった。

後悔や罪悪感など微塵もない。あるのは沸き立つような昂揚感と全能感だけだ。月の光、そよぐ風が自分を祝福してくれる。何という至福、何という快楽。危うく利兵衛は射精しそうになる。

俺を嗤うヤツはこうなる。

これで終わりだと思ったら大間違いだ。

死ぬほど怯えろ。そして泣き叫べ。

俺を嗤ったヤツを皆殺しにするまで、何度でも何度でも同じことを繰り返してやる。

中腹に立ち、はるか眼下で蠢く者たちを見下ろしていると自然に笑い声が腹の底から湧き起こってきた。

利兵衛は勝どきを上げるがごとく高らかに叫ぶ。喉も裂けよとばかりに叫ぶ。

それは人によっては、笑っているようにも哭いているようにも聞こえる声だった。

3

学校から帰ってきたばかりの天木裕也は自室に戻る前に母親の緋沙子から呼び止められた。

「ハウス行って、父ちゃん手伝ってきな」

裕也はマスクを外しかけた手を止める。

「宿題が」

「夜やりな。昼しかできない仕事があるんだから」

「ちぇっ」

元より宿題というのは言い逃れだが、中二の息子に学業よりも家業の手伝いを優先させる母親にも呆れる。

カバンを放り出し、着ていた半袖と短パンのままで畑に向かう。まだ四時を回ったばかりで陽射しは依然として強い。その上アスファルトからは陽炎が立ち上っているので上下から炙られているに等しい。マスクをしていると鼻から口周りに熱気が籠って暑苦しい。それでも隣近所の目があるので外出時はマスクを外せない。

令和二年は新型コロナウイルスの猛威に翻弄された。当初は軽い流行り風邪程度に思われていた感染症は瞬く間に地球上を席巻し、今ではマスク着用は当たり前、三密（密集、密接、密閉）回避を守らぬ者は反社会的勢力並みの扱いを受ける有様だ。

人口わずか三百人ほどの村で何が三密かと裕也は思うが、田舎の規律に理屈は通用しない。そもそも理屈をいちいち考えるのが面倒臭いから規律を後生大事にしているのではないか。

農道から眺めるビニールハウスの山脈は壮観の一語に尽きる。天木家だけではなく、ほとんどの家がパセリの栽培をしており、今の時季は鮮やかな緑がハウスの中を埋め尽くす。

パセリはここ姫野村の特産品として根付いているが、亡くなった祖父の話によれば最初に始めた家は不良品の種苗を摑まされて大変な痛手をこうむったらしい。二番目に着手した田山家は同じ轍を踏むまいと、発足間もない農協を介して良好な種苗を入手し、これが翌年に大豊作となって現在に至る。

裕也の自宅からビニールハウスまでは約二百メートル。

歩いている最中、見慣れないものを視界の隅に捉えた。裕也の家の斜め向かい、畑の奥に建つ新築住宅に赤いスポーツカーが停まっている。村ではワンボックスカーか軽トラしか見かけないので尚更目立つ。異物感と言ってもいいくらいだ。

ハウスの中では父親の敏夫がパセリを摘んでいた。

「来たか。隣の株を頼む」

裕也は言われた通り、敏夫の隣に移動してプランターに屈み込む。

「マスク、外していいかな」

「バカ。表から丸見えだろ。ハウスみたいな密閉された場所でマスク外してるのを誰かに見られたら何言われるか分かったもんじゃねえ」

裕也はうんざりするが父親の命令は絶対だ。うへぇと声で抗議しながら作業を手伝う。

パセリは寒さに強いが暑さに弱い。発芽適温は十五～二十度、生育適温は十五～二十五度で二十五度を超えると発芽率も生育も悪くなる。温度と湿度を管理できるビニールハウスで栽培するのはそのためだ。

だが密室での十五～二十五度はパセリには快適だが人間には応える。早くもマスクの下は汗まみれになった。

今年は三月に一斉休校が行われたため、例年よりも家の手伝いをさせられる時間が長い。しかもその分夏休みが短縮されるので、裕也にしてみれば踏んだり蹴ったりのようなものだ。

「今日は三ケース分だけ摘んどきゃいい」

敏夫は少し憤慨したように言う。手伝っているのに不機嫌にされるのは嫌な気分だが、両親の話から家業の状況を知っている裕也は押し黙ってしまう。

姫野村の特産品となったパセリだが、このところ不運が続いているのだ。

まず昨年の七月、この地方一帯を襲った大型台風がビニールハウスを完膚なきまでに破壊した。収穫直前だったパセリは全滅し、ビニールハウスの修繕だけで各農家は手痛い出費を強いられた。

そして今年のコロナ禍が更なる打撃になった。元々パセリは業務加工用野菜としての需要が大きく、一般家庭よりは料亭などの飲食業での大量消費に支えられている。ところがコロナ禍による飲食業の営業自粛が続いたため、出荷の目処が立たなくなってしまったのだ。

農業は借金ありきの産業だ。毎晩毎晩、両親の愚痴を聞かされ続けていると否応なくその事実を刷り込まれる。ただでさえ借金をしているのに、折角の農作物が売れないのでは往復ビンタを食らっているようなものだ。敏夫が収穫中に表情を険しくするのも無理はない。

無言のまま作業をしていると息が詰まるようだった。

「あ、そうだ。向かいの家にクルマが停まってた。赤いスポーツカーだった」

「あの家に買い手がついたらしい。きっと買い手が乗ってきたクルマだろう」

「新しいご近所ができたんだ」

「いつまでもつか分からんがな」

昭和の残滓のような住宅が並ぶ中、不自然なほど新しい住宅は廃屋を基礎部分から建て替えたものだ。その費用は村から地域振興の名目で供出されている。新築物件を格安で販売し村外からの移住者を呼び込む、言わば村興し事業の一環だった。

だがいくら住宅が格安であっても、人口三百人程度の限界集落に移住しようなどという物好きはそうそういるものではない。実際、何人かは格安物件につられて転入してきたが、大抵は二年もすれば出ていってしまった。

故郷を買い叩かれた末に捨てられたようで正直いい気持ちはしないが、一方で裕也は当然だろうと冷ややかにも考えている。何しろこの地で生まれ育った裕也自身が村に何の魅力も感じていないのだ。余所者が姫野村に永住したいなどと思うはずがないではないか。

「余所様のことなんざ、どうでもいい。それより手を動かさんか」

裕也は口を噤んで作業を継続する。しかし新参者がどんな人物なのか大いに興味を掻き立てられた。

三百人程度の人口しかない田舎でも情報の伝達速度はネットに勝るとも劣らない。

「今日越してきた人、東京からだって」

夕食時、緋沙子から教えられた時には少なからず驚いた。本日引っ越してきたことや東京から移住してきたことが、いったいいつ伝わったのか。

「名前は麻宮さんだって」

「名前まで知ってるのか。この辺じゃ確かに聞かねえ苗字だな」

「役場の久本さんから聞いたのよ。ほら、あの人、地域振興課で転入者の担当してるから」

個人情報保護も何もあったものじゃない。

「選りに選って東京かよ」

敏夫は腐った作物を見るような目をする。

「今、あっちは感染者がとんでもねえ数になってるっていう話じゃねえか。まさか感染してるんじゃないだろうな」

「さあ。一応、面接の時に確認はしたみたいだけど」

「確認ったって不動産の売買が決まるまで一カ月以上はかかるんだ。いつ確認したんだ。第一、ちゃんとした検査結果じゃなくて自己申告だったら何の意味もない」

「取りあえず、こういうご時世だから近所の挨拶回りも遠慮したいんだって。ただねえ」

「ただ、何だよ」

「久本さんの話じゃその麻宮って人、とても病弱で、転地療養のために移住してきたみたい」

「病弱で転地療養って、ますます怪しいじゃないか」

横で聞いている裕也は違和感を覚えた。先刻目撃した赤いスポーツカーと病弱な持ち主とが、どうしても同じフレームに収まらない。

「どちらにしてもあまり近づかん方がいいな」

敏夫はそう断言して飯を掻き込む。やはり裕也の違和感は募っていく。外部からの移住者を求めながら新参者を嫌う。きっと拒む理由は何でもいいのだ。敏夫が新型コロナウイルス感染者云々と話しているのは単なる後付けでしかないのだろう。

「裕也も近づくんじゃねえぞ」

中学生ともなれば周囲の景色が見えてくる。今まで当たり前と思い込んでいた生活環境が、必ずしも当たり前ではないことに気づき始める。

姫野村に住んでいれば米と野菜は田畑に生っているから、三度三度の飯には困らない。だがそれだけのことだ。

生活のレベルが向上する訳でも心浮き立つような出来事がある訳でもない。住人が一人また一人と消えていき、住民サービスが行き渡らなくなり、そしてゆっくりと死滅していく。限界集落と呼ばれる場所にいれば、十四歳にもそれくらいの予想図は描ける。

緩慢に死んでいく村で緩慢に死んでいく人生だと思った。

いつか、こんな村は出ていってやる——裕也は胸の奥に決意を秘めていた。父親にも母親にも告げていない。告げれば反対されるのが目に見えているからだ。

入浴してから宿題を終わらせて床に就く。不思議に今夜は寝つかれず、スマートフォンを弄り始める。限界集落でもＷｉ－Ｆｉは繫がる。もちろんルーターの助けが必要で、屋外で使用すると圏外になることがしばしばある。

目は画像を追っているが、頭の中では両親の言葉や日頃のやり取りが甦る。

自分と両親の思い描く未来にズレがあるのを自覚したのは小学四年生の時だった。父親と話している最中、何かの弾みで「将来はユーチューバーか公務員になりたい」と口走ったことがある。

敏夫の反応が見ものだった。

「ユー何とかは洒落で済むが、公務員なんてなろうとするな。村役場に勤めても面白くも何ともないぞ」

裕也の言う公務員というのは村役場で腕貫をしている職員ではなく、霞が関で国益のために働くエリートのことだ。

いや、そんな認識の相違ではない。父親も母親も、裕也が家業を継いでくれると信じていることに愕然としたのだ。それ以来、二人の前で将来の展望を口にするのはやめた。

こうして村の外に出ていきたくて仕方がない者がいる一方、何が面白いのか移住してくる人間もいる。世の中には色んな人がいるものだと思った。


翌日、下校時も向かいの家には依然としてスポーツカーが停めてあった。登校時にも見かけたので今日は外出しなかったのかもしれない。

洗車を怠っていないのか、イタリアンレッドのボディはどこもかしこも滑らかな光沢を放っていてもっと近づいて見たくなる。周囲の緑に映えているのはいいが、田畑の中ではどうしても場違いであるのは否めない。

辺りを見回しても人影はない。父親と母親がビニールハウスにいるのは、さっき目撃したばかりだ。

父親は転入者がコロナ感染者ではないかと疑ったが、別に根拠のある話ではない。恐れるのは感染ではなく近所の目だけだ。

裕也の足は脇道に入っていく。父親に禁じられていることはやめておけという言葉が頭の隅から聞こえたが、好奇心が黙らせた。

至近距離までスポーツカーに近づくと、場違いな印象よりも吸引力が強くなっていく。

昨夜、ネットでクルマの名前を知った。トヨタ製で目の飛び出るような高級車ではないが、走ることに徹したようなデザインに目が釘付けとなる。

無意識のうちに手が伸びたその時だった。

「クルマに興味があるのかい」

びくりとして手を引っ込める。声のした方向を見ると、玄関先に男が立っていた。

背はそれほど高くないがひどく痩せている。頬の肉も削げていて、お世辞にも筋骨隆々という体型ではない。だが裕也を見る目には鋭さがあり、母親が伝え聞いたような病弱さは微塵も感じられない。

「ごっ、ごめんなさい。勝手に触って」

「別に構わない。触ったくらいで壊れるような代物じゃない。近所の子か」

「あの、向かいの家の者です」

「何だ、本当にご近所かい。名前は」

「天木裕也」

「裕也くんか。俺は麻宮恭一(きょういち)。よろしくな」

自己紹介を済ませると、急に肩の力が抜けた。

「まだ質問に答えてないな。クルマに興味があるのかい」

「クルマにも興味があります」

「にも、か。じゃあ別にも興味があるってことか」

話を続けても麻宮は嫌そうな顔をしない。社交的な性格なのか、こちらとの会話を楽しんでいるように見える。

思い切って裕也は昨夜からの疑問をぶつけてみた。

「どうして姫野村に越してきたんですか」

「どうして、ね」

オウム返しにすると、麻宮は辺りの田畑を指差した。

「転地療養という理由は、もう誰かから聞いているのかな」

「一応」

「それが唯一の理由だ。東京で証券会社に勤めていたんだけど激務の連続で心と身体を病んだ。医者に診てもらったら転地療養を勧められた。それで全国津々浦々、緑豊かな格安物件を検索していたら、ここ姫野村がヒットした」

「証券会社って、そんなにブラック体質なんですか」

「へえ、今どきの中学生はそんな言葉も知っているんだな。証券会社に限った話じゃない。業績を挙げている会社の多くは人使いが荒いよ。それで心と身体に変調を来したヤツは大勢いる。転地療養で済んだ俺なんかは軽症の部類だ」

「田舎だって人使いが荒いですよ」

麻宮につられて裕也も自分の境遇を話したくなった。

「ウチなんて中学生に農作業の手伝いさせるんです。それも宿題より優先させて」

「農家には繁忙期とかあるんだろ。人手がない時には仕方なく家族を総動員させるのが当たり前だと聞いたけど」

「証券会社では残業したら、その分給料が増えるんでしょう。農家なんて、いくら手伝っても小遣いだって増えやしないんですよ」

「残業した分だけ給料が増える訳でもないんだけどね」

「証券会社って、もっとスマートな仕事っていうイメージがありました」

「スマート、ねえ」

麻宮は皮肉めいた目で笑う。

「所詮はカネ儲けだからね。スマートなカネ儲けなんてあるものか。あるとしたら詐欺かオンラインサロンみたいな碌でもないものだろうな」

まさかオンラインサロンなどという言葉を聞けるとは思わなかったので、裕也はそれだけで嬉しくなる。

「麻宮さんは残業のし過ぎでおかしくなったんですか」

「残業がどうこうじゃなくて仕事の内容そのものがキツくてね」

麻宮は裕也にも理解できるよう、言葉を選んで自分の仕事を説明してくれた。顧客の注文で株式を売買するのだが、預かっている資産はいずれも億単位であり、売買のタイミングが数秒ズレるだけで数百万、数千万の損失が出るのだという。

「資金的に余裕のあるお客さんだけじゃなく、中には老後の資金を運用に回している人もいる。それがたったの一日で数千万円を溶かしてしまうこともある。担当しているとお客さんの顔も見ているし家庭の状況も聞いている。この人これからどうするんだろうと考え始めると夜も眠れなくなる。市況が荒れ続けた時には血の小便まで出た」

血の小便というのは見たことがないが、想像するだけで熾烈さが伝わってくる。

「証券会社は辞めちゃったんですか」

「いや、今はリモートワークって便利なものがあるから」

話には聞いたことがある。三密を避けるため、インターネットを介して自宅でも仕事ができるようにしているらしい。姫野村では役場でさえも縁のない就業形態だった。

「今は療養に専念したいから休職している。仕事に復帰したとしても当分はリモートワークになるだろうから、差し当たって東京に戻る必要はないのさ。それより裕也くん。さっきから気になっていたんだけど、そのマスク、気持ち悪くないか」

炎天下、下校途中でずっと話し込んでいる。鼻と言わず口と言わず、マスクの内側は汗まみれになっていた。

「マスクを外しても構わないぞ。俺たちは密集も密接も密閉もしていないんだから」

「いや、あの。このままでいいです」

好意は有難かったが、まだ麻宮が新型コロナウイルスの感染者でないという保証はない。

裕也の危惧を見透かしたように目で笑ってみせた。

「東京から来た人間は信用できないか」

「いや、あの」

「冗談だよ」

麻宮は片手をひらひらと振る。

「確かに東京都の感染状況はひどい有様だし、農業を主体にしたコミュニティで感染者が出れば風評被害で作物が売れなくなる。君の心配はとても理解できる」

そこまで村のことを案じていた訳ではないが、麻宮が言うに任せていた。

「だけど余所者を警戒するあまり熱中症になってもつまらないだろ。要は俺がマスクをした状態で、君は距離を取っていればいい」

「それはそうですけど」

「俺はこの村の人たちと上手くやっていきたい。その最初の人間が君だ。裕也くん一人と仲良くできないで、村の人たちと仲良くできる訳がない」

麻宮はいったん差し出した手を、芝居っ気たっぷりにゆっくりと元に戻す。

「握手やハグをする必要はない。去年までとはまるで様相が違っているからね。顔を近づけなくてもいい。しかし、せめて心は近づけようじゃないか」

「麻宮さんの言いたいことは分かります。分かりますけど、具体的にどうすればいいんですか」

「裕也くんは東京に興味があるかい」

「あります」

「じゃあ簡単な取引をするというのはどうだ。俺は君が知りたい東京の話をする。その代わり君は村のことを話す。等価交換という訳だ」

「村の話なんて面白くも何ともないですよ」

「そこに住んでいると珍しいものも珍しく感じなくなる。たとえば君には面白くも何ともないだろう景色が、俺にはとても新鮮に見える」

「どの景色が新鮮なんですか」

「これからじっくり探訪するさ。少なくとも三階以上のビルが見当たらないだけでも、ずいぶん目の保養になる」

皮肉かと思ったが目は真面目そうに見えた。

顔を合わせる者がマスクをし出してから、相手の表情が判然としないので会話が慎重になったきらいがある。気心の知れた仲ならともかく、それ以外は何を考えているのかじっくり観察しなければならない。だが麻宮は手振りを交えて話すので比較的分かりやすい。

裕也は気づいていた。自分は初対面のこの男に大いなる興味を抱き始めている。

「いいですよ。話すくらいなら」

「早速、友人ができて嬉しい。これからよろしく」

お互いに打ち解けるようになれば、スポーツカーの助手席に乗せてくれるかもしれない。

裕也は期待に胸を膨らませていた。


その日の夕食は、また麻宮の素性が話題に上った。

「越してきた麻宮さん、どうやら独身みたいだね」

緋沙子はどこか愉快そうに話し出す。余所様の噂をする時にはいつもそんな風だが、麻宮に関しては尚更興味津々といった様子だ。

「東京で証券会社に勤めてたんだけど、コロナのお蔭で精神を病んだんだって」

「どこから聞いた話だ」

「例によって久本さん。まあコロナのお蔭っていうのは久本さんの想像なんだけど」

「どちらにしても、そんな理由で病むなんざ、病弱以前の問題だな」

「こんな村に引っ越してくるくらいだから、きっと会社もクビになったんだろうねえ」

二人のやり取りを聞いていた裕也は胸がざわつくのを感じた。

コロナのために精神を病んだって。

証券会社をクビになったって。

まるっきり出鱈目じゃないか。麻宮が心身に変調を来したのは元々の業務内容のせいだし、転地療養をしたからといって証券会社を辞めた訳でもない。それは本人から直接裕也が聞いたことだ。

　これが噂の正体なのだと思った。

　当人に確かめもせず、風評や伝聞だけで勝手に自分の聞きたい話を拵える。その拵えた話を、今度はさも真実のように別の人間に耳打ちする。

　違う、と思わず声が出そうになった。

　すんでのところで止めた。

　口を差し挟めば、話の出所を問い質される。麻宮と接触を持ったことを知られれば、二人から叱責されるばかりか二度と会うなと釘を刺されるに決まっている。

　我ながら意気地なしだと思ったが、それ以上に両親の嫌な部分を見せつけられて飯が不味くなった。

　移住先の住民と上手くやっていきたいからと、中学生から積極的に話を訊き出そうとする麻宮。

　狭い常識と偏見に囚われて、余所者に近づこうとしない敏夫と緋沙子。

　東京の人間だから見識が広いとは思わない。姫野村の人間だから世間が狭いとも思わない。

　だが両者の間には絶望したくなるほどの隔たりがある。中学生にもなれば親への懐疑も抱くようになる。生活空間の狭さを実感するようになる。

　やはり自分は姫野村から出ていきたい。

　裕也は改めて、その思いを強くする。

4

八月一日、短い夏休みが始まった。

学校が休みの間は農作業を手伝う時間が長くなるので嬉しさも中くらいだ。灼熱の中で畑仕事をするよりは、冷房の効いた部屋で教科書を開いていた方が楽に決まっている。

昨年と異なるのは期間だけではない。コロナ禍のお蔭で夏休み中の部活動は全て取りやめになった。裕也は男子バスケットボール部に所属しているが、当面は互いが接近する試合形式の練習はせず、ストレッチとパスやシュートに励めとのお達しだ。この分では、試合中は選手全員がマスク着用を義務付けられるかもしれない。

姫野村では未だ感染者が出ていない。未だ出ていないので緊張感は増大する。たった三百人ほどの村で感染者になってしまったら村八分になるのは分かりきっているからだ。

都会と違い、往来を歩いていても人とすれ違うことは少ない。密集するのも密閉するのも逆に困難な田舎であるにも拘わらず、外出時のマスク着用が義務どころか掟のようになっている。

例年ほどではないにせよ八月の酷暑の中、マスクをしたまま行動すれば相当不快になる。不快感は苛立ちに直結し、苛立ちははけ口を求め始める。村民が何かと麻宮を監視しているのは、おそらくそうした背景があるのだろう。

「転入してきた麻宮って人、昨日はマスクなしで外に出ていたよ」

「あの男、転地療養の割には外に出ているんだよな」

「麻宮ってヤツ、いったい毎日何をして暮らしてるんだか」

「役場の人間も来なくなったな。本当は毎日監視していてほしいんだが」

「この間は田山村長ン家の前で見かけた。引っ越しの挨拶にでも来たんかと思ったが、そのまんま素通りしよった。何を考えてるのか、さっぱり分からん」

敏夫と緋沙子を介して、次々と麻宮の噂が耳に入ってくる。伝聞の過程で想像や悪意が交じっているので鵜呑みにはできないが、それぞれに共通していることがある。

まだ麻宮と言葉を交わした村民は裕也を除いて誰もいない。

もっと正確に言えば、役場の久本以外に彼と言葉を交わしたと証言する者がいないのだ。

裕也だけが麻宮と話し、彼自身の口から姫野村に転入するまでの経緯を聞いている。そう考えると、何か重大な秘密を麻宮と共有しているような気になってくる。

「あいつは要注意人物だ」

敏夫は何の証拠もないのに、緋沙子と裕也の前でそう断言した。

「人と話そうとしないのはコロナに感染しているからに決まってる。病弱で家ン中に引き籠っているのならともかく、外を出歩かれたら迷惑だ。そのうち誰かに伝染する。何とか隔離しておく方法はないもんか」

最初の頃よりも言葉が尖り、いくぶん口も荒くなっている。敏夫が狭量であるのは知っているので驚きはしなかったが、麻宮に対する心証が日々悪化するのはいただけなかった。

「そのうち村長さんに相談してみようかしら」

緋沙子も尻馬に乗ったように無責任なことを言い始める。当人たちは勢い任せに喋っているが、もし自分の息子が渦中の人物とちゃっかり友人になっているのを知ったらどんな顔をするだろうか。

裕也はいたたまれなくなり、そそくさと自分の部屋に戻った。


正午過ぎと夕暮れ時は、往来で人を見かけることがあまりない。裕也はその時間帯を選んで麻宮宅を訪れるようになった。

「やあ、いらっしゃい」

「お邪魔します」

玄関先で話し込んでいると人目につくこともあり、裕也は家の中に入れてもらう。麻宮によれば家に招き入れたのは、今のところ裕也一人だけだという。

「それにしても貴重な夏休みだろ。俺の家なんかにいていいのか。もっと楽しいことがあるだろうに」

「いいですよ。どうせ部活動もまともにできないし、村にクラスメイトなんて一人もいないし」

「何だ、君は越境通学なのか」

「越境はちょっと大袈裟(おおげさ)な気が。でも中学校通うのに隣町まで通わなきゃいけないというのは珍しいのかな」

村には小学校の分校があるが、中学校は隣町にしかない。高校になればもっと遠くに通わなければばならない。

「東京じゃあ、そんな遠くまでの通学なんて有り得ないんでしょ」

「うーん。学校の数自体が多いから個人の事情によりけりだな。もっとも遠距離になっても電車なら数十分程度だしね」

　聞けば聞くほど同じ国とは思えなくなる。テレビやネットの普及で情報伝達に差異がなくなったというのは嘘だ。実際に生活しなければ体感できないことが沢山ある。

　そう愚痴ると、麻宮は事もなげに答える。

「同じ日本だ。住むところが違ってもあまり変わりはない。スマホが使えないくらいで生活できない訳じゃないしね」

「麻宮さんはずっと東京暮らしだからそんなことが言えるんです。歩いて数分の距離にコンビニやＡＴＭがあるなんて夢みたいな話ですよ。住んでいる人間だって姫野村の人間とは大違いだろうし」

「住んでいる場所で人格が決まる訳でもない」

　麻宮はやんわりと否定する。

「都会にだって狭量で噂好きの人間は山ほどいるよ。目立ちたがり屋も浅はかな人間も大勢いる。住んでいる場所で人を判断するのはあまりいいことじゃない」

　裕也にとって麻宮との会話は心地いいものだ。麻宮と話していると、その間だけ自分が村の人間であるのを忘れていられるからだろう。

「それもやっぱり、麻宮さんが元々姫野村の人間じゃないからそう思うんです。噂話なんて尾鰭がついてひどいもんです。麻宮さんについてだって」

そこまで言ってから慌てて口を押さえた。

「俺の噂話が何だって」

「いや、あの」

「内容いかんによっては村の住民との付き合い方を考えないといけないけど」

「あの、大体噂の根拠なんて根も葉もないことなんで」

裕也が狼狽していると、麻宮は破顔一笑してみせた。

「冗談だって。俺が村の人たちからどんな目で見られているかくらいは把握しているさ。折しも東京じゃコロナの感染大爆発だ。きっと病原菌が襲来したとでも思われているんだろうなあ」

「病原菌だなんて、そんな。でも」

「でも、何だ」

「麻宮さんの行動にも問題があるっていうか、転地療養でやってきたのに、色々ほっつき歩いているそうじゃないですか。毎日のように目撃情報が上がってますよ」

「まるで絶滅危惧種みたいな扱いだな。別に畑のものを盗むつもりも空き巣に入るつもりもない」

「この村、基本的に家を空けていても玄関に施錠しませんから、余所者に警戒心強いんですよ」

「転地療養というのは家の中に引き籠ることじゃない。折角の自然環境なんだし外の空気を吸わないなんてもったいないだろ」

「でも田山村長の家にも行ったんでしょ。あそこって近くに豚小屋があって臭うし、プレハブ小屋が建ってるし、あまり見栄えのする景色じゃないです」

「村長というのは、この村の最高権力者なんだろ。そういう人物がどういう家に住んでいるか興味が湧くじゃないか。そう言えば他の家に比べて堂々とした日本建築で構えが立派だった」

「パセリ栽培でひと山当てたからですよ」

「へえ。詳しく教えてよ」

知っていることを知らない者に教えるのは楽しい。裕也は少々得意げに、姫野村でのパセリ栽培の歴史を話し始める。敏夫からの伝聞ではあるものの、精々終戦直後の話なので長くもなければ入り組んでもいない。成功を焦った馬鹿者と、他人の失敗から学習した慎重な人間の残した寓話に過ぎない。

説明を聞き終えた麻宮も少し感心した様子だった。

「元の大地主が種苗詐欺に遭い、それを横目で見ていた田山家の長男が農協と歩調を合わせて、パセリを村の特産品にまで押し上げる。ちょっとしたサクセスストーリーだな。しかし、それだと詐欺に遭った巌尾家の家族も黙っちゃいないだろう」

「巌尾の家は詐欺事件の後、なくなったんですよ」

裕也は慌てて説明を付け加える。

「一家揃って夜逃げみたいな風になっちゃって」

「夜逃げねえ。騙された側なんだから、恥じることはあっても村を出ていくことはないんじゃないのかい」

麻宮の指摘はもっともであり、話している本人も不自然さが拭えない。

麻宮が鋭いことはもう分かっている。ここではぐらかしても誤魔化しきれないだろう。そして誤魔化したままでいれば、裕也に不信感を抱くかもしれない。それだけは避けたいことだった。

姫野村最悪の事件。村民の誰もが口を噤み、部外者には決して打ち明けようとしない悪夢の出来事。

「麻宮さんは姫野村の住民なんですよね」

「うん。転入届は出しているし、住民基本台帳にも現住所は姫野村だと明記してある」

自分と同じ村民なら打ち明けても構わないだろう。

「あの、本当は夜逃げじゃなくて、種苗詐欺の後でもっと大変な事件があったんです」

「へえ。それも詳しく教えてもらおうかな」

麻宮が居住まいを正したので、自ずと裕也も覚悟を決めた。同じ終戦直後の話でも、こちらはパセリ栽培よりもっと生々しく、陰惨な話だ。敏夫から聞かされた日は恐ろしくてまんじりともせず夜を明かしたものだった。

種苗詐欺事件をきっかけにかつての大地主であった巌尾家は衰退に拍車がかかり、同時に当主の利兵衛も正気を失っていく。やがて昭和二十三年八月十三日、惨劇の幕が開き、菅原富吉夫婦と三園卓一夫婦、田山昭三夫婦の六人が利兵衛によって惨殺される。

「問題はその後。六人を殺した巌尾利兵衛は裏山に逃げ込んだんです。村を見下ろす北側の山」

「那岐山に連なる山だろ。知っているよ。そこで山狩りでもしたのかい」

「山狩りはしたらしいんです。地元の警察と消防団が総出で山に分け入って。でも三日三晩捜索しても、巌尾利兵衛は発見できなかったんです」

「那岐山を越えて、お隣の鳥取か兵庫にでも逃げ果せたのかな」

「いくら終戦直後の話でも大事件なので、かなり広範囲に検問とか敷かれたんです。当時はまだ主要な道路も駅も多くなかったから、すぐに見つかると思われていたみたいです」

「それでも巌尾利兵衛は見つからなかった。考えられるのは山に潜伏していたという可能性だが、三日三晩捜索し尽くしたんだよな」

「はい」

「逃げられないと悟って自決でもしたんじゃないのか」

「それなら死体が見つかるはずでしょ。でも死体すら発見できなかったんです」

「裏山に逃げ込んだのは確かなのか。逆に津山市へ抜けたという可能性はないのか」

「巌尾利兵衛は確かに山に逃げたんですよ。声を聞いた村人が大勢いるんです」

「声だって」

「山の中腹で利兵衛が大声で叫んでいたんですって。笑っているような、泣いているような声で」

「三組の夫婦を惨殺した殺人鬼の咆哮か。ぞっとしない話だ。で、続きがあるんだよな」

「巌尾利兵衛は山に逃げ込んで指名手配されたけど、奥さんと息子はそのまま取り残されたんですよ。でもそんな事件が起きたら、たとえ何の責任がなくても家族がとばっちりを受けるよね」

「残された家族はどうなったんだい」

「奥さんは自殺したみたい。子どもがどうなったかは聞いていないです」

家族の末路がどんなものであったか、裕也自身も詳しくは知らされていない。しかし現代の姫野村の狭量さを思い知る裕也にはおおよその想像がつく。利兵衛の妻が自殺したのも、村人たちから有形無形の迫害を受けたからに相違なかった。

「三夫婦惨殺に犯人逃亡か。そもそものきっかけが種苗詐欺だとして、その教訓を基にパセリ栽培を成功させた田山家は複雑な立場なんだろうな」

パセリ栽培を特産品にまで押し上げた田山了恵（りょうえ）こそ、巌尾利兵衛の殺戮（さつりく）から逃れ得た、田山昭三の長男坊だった。その田山了恵が長じて姫野村村長となり、利兵衛の後釜に座ったのだから皮肉と言えば皮肉だ。

「聞くだにおぞましい話だが、終戦直後にその手の凶悪事件は他の場所でも起きている。それだけ社会不安が大きく、秩序も揺らいでいたんだろう。何にせよ昔の話だ。事件から七十余年、当時を知る人間もあまり多くは残っていないはずだ」

「田山村長をはじめとして三、四人でしょうね。でも人間だけじゃないんですよ、残っているのは」

「人間以外に残っているものって何だい」

「名前ですよ。巌尾利兵衛が逃げ込んだ山」

「こっちに移る前に調べたが、地図にも山の名前は載っていなかったぞ」

「後ろにそびえる那岐山が有名だし、そんなに高い山じゃないから正式な名前はありません。でも、地元ではちゃんと名前がついているんです」

「何て名前だい」

「鬼哭山（おになきやま）」

翌日、裕也は緋沙子に頼まれて買い出しに出掛けた。村にスーパーの類はないので隣町まで徒歩で往復することになる。通学で慣れているとはいえ、農作業に買い出しと夏休み中はきっちり労働力として計算されている。

道中、分校の校舎が見えてきた。二年前まで通っていたのがずいぶん昔に思える。あの年、卒業生は裕也一人、見送る在校生は四人きりだった。あと二、三年もすれば廃校になるのは確実だろう。

やがて廃墟となる校舎は、そのまま姫野村の姿と重なる。裕也は喪失感と綯（な）い交ぜになった痛みを覚えるが、一方で他人事（ひとごと）のような意識も働く。どうせ自分はこの村を出ていく。母校が廃校になるくらいで落胆してどうする。

立ち止まることなく歩いていると校門から人影が出てきた。

何と麻宮ではないか。

思わず呼び止めようとしたが、麻宮はさっさと背中を向けて歩き出したので声を掛けそびれてしまった。

いや、違う。

それ以上に、意外な場所で意外な人物を目撃したことに驚いたのだ。

裕也が校門に急ぐと、校舎の正面玄関に見知った人の姿を認めた。琴平砂羽(ことひらさわ)校長だった。

「あら、天木くんじゃないの」

「どうも」

「元気みたいね。一学期はコロナでまともな授業も部活動もできなかったから心配してたけど、どうやら取り越し苦労だったみたい」

「まともな授業や部活動ができなかったのはウチだけじゃありませんから。ただ地域別の差はあるみたいだから、後々になって影響が出なきゃいいんですけど」

「実際にその時にならないと分からないわね。こんな異常事態、今までなかったことだもの。全国の児童、生徒が何らかの事情で学業を全うできなくなるなんて太平洋戦争以来の出来事じゃないかしら」

琴平校長は担任も兼任していたので、裕也の性格を知悉(ちしつ)している。彼女を相手に演技や誤魔化しは利かない。正確に言えば、在校生の頃に試みた演技と誤魔化しはことごとく看破された。

だから単刀直入に訊くしかなかった。

「今、校門から出ていったの、麻宮さんですよね」

「ええ。よく知ってるわね」

「ご近所なんです」

「あら、まあ」

琴平校長はさほど驚いた表情もせずに言う。

「そう言えば天木くん家の斜め向かいに入居者募集の物件があったっけ」

「どうして分校に来たんですか」

「図書館の本を閲覧希望。姫野村の郷土史を記した文献はあるかって」

「郷土史。そんな文献、あったんですか」

「あなたは碌すっぽ現代文学すら読まなかったからねえ。大抵、人の住んでいるところには郷土誌が存在するのよ。もっとも分校の本棚には収まりきらないから、ずっと閉架書庫に保管されていたんだけどね」

通常の本棚にある本さえ読もうとしない児童が閉架書庫の本に手を伸ばすはずがない。

「麻宮さんは分校の児童でも何でもないですよ」

「別に児童じゃなきゃ利用できない規則はないわ。それも閉架書庫に保管されていた本だから他に閲覧したい人がいるとも思えないし。姫野村に移住した人が村の歴史を知りたいと申し出ているんだもの。拒否という選択肢はなし」

元より琴平校長は鷹揚(おうよう)なところがあり、規則よりは実情を優先する人間だ。麻宮からあの物腰で申し入れをされたら、まず断らないだろう。

「感心よねえ。今まで移住してきた人は何人かいたけど、郷土史を調べようとした人は初めてじゃないかな」

確かに麻宮のような人間は珍しいかもしれない。

「今度は長続きするといいわねえ」

町での買い出しを済ませて母親にエコバッグごと中身を渡すと、裕也はこっそり麻宮の家を訪れた。

「まさか郷土史まで調べるとは思いませんでした」

裕也が切り出すと、麻宮は少し驚いたようだった。

「よく知っているね」

「分校の近くで見かけました。勉強熱心な人だって校長先生が感心していました」

「おやおや、閲覧した文献まで教えちゃったのか。個人情報がダダ洩れだな」

「姫野村で個人情報保護なんて意味ないですよ」

「昼間に留守をしても施錠しない習慣は、そこに起因しているのかもしれないな」

「どの家で何が起こっても全部筒抜けなんですから」

「村民同士ではそうなんだろうな。でも部外者や俺みたいな新参者には口が堅くなる」

麻宮はゆっくりこちらに顔を向け、マスクを外した。

「自分の家だから外した訳じゃないよ。やっぱりお互い本音で話すには口元を晒した方がいいと思ってさ。裕也くんもマスクを取ってくれないか」

こうして話している間も麻宮とは四メートルほどの距離が保たれている。窓も開け放たれて換気も充分にされている。

逡巡は一瞬だった。裕也は思い切りよくマスクを外してみせた。お互いの口元が見えるだけで、ずいぶんと緊張感が和らぐ。心理的な隔たりも縮まった気がする。

「分校を訪ねたのはもちろん郷土史を調べたいという動機もあったんだけど、実は別の理由もあった。あの琴平という校長先生は親切だねえ。初対面だというのに嫌な顔一つせずに色々教えてくれた」

「校長と担任の先生を兼任していました」

「元々話し好きなのかな。とにかく特殊なポジションにいる人だよね。村の外から通っているのに、長年校長を務めているから村人から信頼を得ている。児童の生活にも関与しているので個人情報の一部も把握している。言うなれば名誉村民みたいなものだね。だから俺のような新参者の質問にも真摯に答えてくれる。たとえば鬼哭山の由来とかね」

俄に裕也は動揺する。

「裕也くんは山の名前の由来を巌尾利兵衛が起こした事件の名残りだと説明してくれた。確かに発端はその事件かもしれないが、地元の人間が名前を付けるには理由が希薄だ。鬼なんて字をそうそう入れるものじゃない。六人も殺害したのは確かに鬼の所業だけど、自分の生活場所にそんな禍々しい名前を付けるには長い期間が必要になる」

「言ってることの意味がよく分かりません」

「鬼哭山なんて呼ばれるには巌尾利兵衛の事件だけでは不足していると言ってるんだよ」

麻宮は意地悪い目でこちらを見る。

「巌尾利兵衛の事件以外に別の何かが起こり、その積み重ねが村民をして鬼哭山と呼ばせた。俺はそう睨んでいるんだけど違うのかな。この地に生まれ育った君が知らないはずはないと思うのだけれど」

「ずるいですよ、麻宮さん」

「何が」

「名前の由来は琴平校長から聞いたんじゃないんですか」

「生粋の姫野村民である君の口からも聞きたい。琴平校長と君の話が一致すれば信憑性も増すからね」

「よく人から容赦ないって言われませんか」

「慎重だとは言われるね」

慎重というよりは、やはり容赦がないのだと思った。麻宮は完全に裕也の心理を読んでいる。琴平校長の証言という外堀を埋めた上で、こちらの誠意を試すような場面を設定した。ここでしらばくれたり虚偽を述べたりすれば、裕也は自分が嫌いになる。

何のことはない。退路を断たれているから裕也は正直に話すしかないのだ。

「麻宮さん、友だち少ないでしょ」

「多けりゃいいってものじゃない」

言い逃れはできそうにない。先に琴平校長から話を聞いているのなら、裕也が口を噤んだところで意味はない。

「これも親から聞いた話なんですけど」

「歴史が感じられていい」

「巌尾利兵衛が結局は見つからなかったのは前にも言いましたよね。だからなんでしょうけど、利兵衛の伝説みたいなものがあるんです。数年に一度、嵐の夜に裏山の中腹から利兵衛の声が聞こえてくる。例の笑っているような、泣いているような声です。利兵衛の事件を知っている者は怖がって家の中で震えるんだけど、一夜明けて山に様子を見にいくと、大抵誰かの死体が転がっている」

それまで穏やかだった麻宮の顔が矢庭に強張る。

「死体も見つからなかったので、巌尾利兵衛はまだ生きているんじゃないか。山に潜んで、迷い込んだ村人を殺しているんじゃないか。そう言い伝えられ始めたんです。そういうことが何度か続いて、次第に裏山が鬼哭山と呼ばれるようになったと聞きました」

「予想していたけど、あまり気持ちのいい話じゃないな。もし本当に巌尾利兵衛が生きているとしたら今年で百三十五歳になるぞ」

「でも、去年も鬼哭山から利兵衛の声が聞こえたんです。事件当時を知る年寄り連中が口を揃えて利兵衛さんの声に間違いないって」

「おい、まさか」

「ええ、そのまさか」

不意に去年の恐怖が甦った。

「翌日、様子を確かめに山へ行くと人が死んでいたんです」

二　鬼の聲（こえ）

1

親から巌尾利兵衛の六人殺しを昔話のように聞いたのは、確か裕也が小学校に上がるよりずっと前のことだった。

「悪さをすると鬼哭山に置いてくるぞ」

事の真偽はともかく、鬼の形相で村人たちを殺して回る絵面は子供心にも強烈で、恐怖心を植え付けるには充分だった。村の子どもたち全員が知っていたから、姫野村全域に伝わる話だったのだろう。

長じるに従って、惨殺事件が単なる言い伝えではなく事実であったと知らされた。その時は衝撃というよりも居心地悪さが先に立った。自分の生まれた村が前近代的であるのは自覚していたが、まさか昭和の血腥(ちなまぐさ)さまで色濃く残っているとは。

「『悪さをすると鬼哭山に置いてくるぞ』か。悪戯(いたずら)小僧を戒めるには格好の脅し文句だな」

「他にも鬼哭山関連の言い伝えがあるんですけどね」

「しかし実際に死人が出ているとなると説話や単なる脅し文句じゃ済まなくなる。最近では去年の出来事だったらしいけど、もう少し詳しい話をしてくれないか。ただし裕也くんの主観は交えず、事実だけを」

麻宮に促されて裕也は話し始める。去年に起きた事件なので、まだ記憶に新しかった。

七月三日、長期に亙って九州地方から中国地方にかけて停滞していた梅雨前線は各地に集中豪雨をもたらした。岡山県内も例外ではなく、降り続く雨によってあちこちで土砂崩れが発生している。

窓から篠突く雨を眺めていた伏水良策（七十五歳）は落ち着かない様子で家の中を歩き回っていた。家族は伏水が落ち着かない理由に見当がついている。伏水は鬼哭山の様子が気になって仕方がないのだ。

姫野村の特産品はパセリだが、もちろんそれだけに特化している訳ではなく他の作物も多数栽培している。パセリの次に出荷量が多いのがマスカットで、伏水は山の中腹に建てた温室で育てていた。

この時の豪雨は暴風を伴うものであり、ともすれば温室を破損させる懼れがある。中腹に温室を持つ者は他にもいるのだが、そろそろ自分のビニールハウス自体が老朽化していた伏水は気が気ではない。

「おじいちゃん、ハウスが心配なのは分かるけど、こんな日に出ていったらおじいちゃんが吹き飛ばされるよ」

家族はそう言って足止めしようとしたが、年寄りの何とやらで伏水はまるで落ち着く素振りを見せない。却って苛立ちを募らせ、家族に怒鳴り返す有様だ。

家族だから元家長の性分はすっかり知り尽くしている。間もなくして伏水は予想通りの言葉を口にした。

「ちょっとだけ見てくる」

「だからダメだってば。増水の時、見物に行くヤツはどうかしてるって、普段おじいちゃんが言ってることでしょ」

「興味半分で川を見にいくのと、自分の畑を心配するのと一緒にするなっ」

どちらも似たようなものだと思ったが、家族は放っておいた。

伏水の姿が消えたのは、それから三十分後のことだった。家族はいったん慌てたが、雨の勢いに負けてすぐに戻るだろうと放っておいた。

やがて、いよいよ風雨の勢いが増した時だった。

突如、家の外で異様な音が響き渡った。

おろろろろろおお。

おろろろろろおお。

巨大な生き物が笑っているような泣いているような大音声が、豪雨と暴風に紛れて轟く。声は間違いなく鬼哭山の方角から聞こえてくる。

『悪さをすると鬼哭山に置いてくるぞ』というのは子どもに対する脅し文句だが、村にはそれとは別の言い伝えも存在する。

『鬼が哭く夜は死人が出る』

言い伝えというのは迷信の別名だ。普通であれば一笑に付すものだが、姫野村の場合は少し事情が異なる。過去に何度か言い伝えが現実になったことがあるのだ。

次第に家族は不安に襲われたが、今伏水を追い掛けても二次被害に遭う危険がある。念のために警察に電話をしてみたが、土砂崩れの対応に追われてすぐには出動できないとの回答が返ってきた。きっと雨風の勢いに恐れをなして引き返してくるに違いない――家族は希望的観測で不安を封じ込めたが長続きしなかった。

結局、伏水は帰ってこず、翌日自身の温室から少し離れた場所で死んでいるのが発見されたからだ。

伏水の身体に外傷は見当たらず、駆けつけた警察は心臓麻痺と判断したが、遺族や村人たちは別の理由を想像した。しかし田舎の警察ゆえ司法解剖も行われず、死体はそのまま荼毘に付された。そもそも伏水は以前から狭心症を患っており、山道を上り下りしている最中、心臓麻痺に襲われたとしても不思議ではない。だが遺族と村人の頭にあったのは件の言い伝えだ。

『鬼が哭く夜は死人が出る』

令和の時代にもなって言い伝えやら呪いやらが噴飯ものであるのは誰しも理解している。だが理解と納得は別の問題だ。伏水の死は昭和から続く巌尾利兵衛の祟りに違いないと、村人の多くは信じて疑わなかった。

「なるほどね」

話を聞き終えた麻宮は興味深げに頷いた。

「悪戯小僧への脅し文句には元ネタがあった訳だ。司法解剖されなかったのは痛いが、地方警察で尚且つ本人が狭心症だったのなら、心臓麻痺と判断されても仕方がない」

　裕也は麻宮の物言いに引っ掛かりを覚える。

「心臓麻痺じゃなかったって言うんですか」

「そうとまでは言わないが、疑惑を残さないためには司法解剖するべきだった。死因に疑いがあるからこそ、伏水氏の死が言い伝えの延長みたいに扱われているんだろ」

「でも外傷はなかったんですよ」

「外傷を残さずに人を殺す方法なんていくらでもある。ジギタリスや福寿草から抽出した薬は大量摂取すれば毒になる。しかも外見は心臓麻痺と同様と言うからね」

「福寿草なら、村のあちこちで生えてますよ。あれが毒になるんですか」

「死とか毒物とか、物騒なものは意外と身近に存在しているものだよ。ただ、そこにいる人間が気づかないだけでさ」

　麻宮こそ物騒なことを平気な顔で口にする。都会の人間は皆こんなに冷静なのかと、裕也は少し畏敬の念を抱く。自分はまだまだ因習に囚われているのか言い伝えや呪いの類を完全に無視できない。麻宮のような人間と交流を深めれば、自分も旧弊な呪縛から解放されるのだろうか。

「ところで裕也くんは、伏水氏の死んでいた場所を知っているのかい」

　急に問い掛けられて、裕也は我に返る。

「場所ですか。正確な位置までは知りませんけど、大体の場所なら」

「そう。だったら案内してくれないか」

「今から、ですか」

「よく言うじゃないか。善は急げって」

　何が善なのかよく分からないが、道案内なら容易いものだ。要は二人きりで行動しているのを村人たちから目撃されなければいい。

　裕也は二つ返事で承諾した。


　標高がさほど高くないため、勾配は緩やかだ。幼少の頃から辺りの山野を遊び場所にしていた裕也には平地を歩くのと大差なかったが、都会の者には勝手が違うらしい。ほんの数分登っただけで、はや麻宮は息が上がっていた。

「どうしたの、麻宮さん。もうギブアップなの」

「君は日頃から男子バスケで鍛えてるだろう」

「伏水のおじいちゃんもそうだけど、この辺の年寄り連中が余裕で上り下りしている山道ですよ。案外、体力ないなあ」

　麻宮の思わぬ弱みを発見し、裕也は小気味がいい。

「悪かったな。株屋だから仕事で動かしているのは頭と指先だけなんだよ。それに足場がこれじゃあな」

　麻宮が指摘する通り、確かに足場は悪い。杣道に毛が生えた程度の山道だから舗装もされておらず、ところどころから石が覗いている。それだけではない。道の脇には穴が開いている箇所さえある。

「昔は姫野村も炭坑を掘っていたんだな」

自分はあずかり知らぬ内容なので驚いた。

「どうして分かるんですか」

「田舎には少なくないんだよ、ああいう穴。平地にも山にも開いている。まだ日本の産業が石炭に頼っていた頃、鉱脈ありと睨んだ場所を手当たり次第に掘った。言ってみれば近代日本の夢の跡みたいなものだ」

「でも、この村で石炭が採れたなんて聞いたことないです」

「だから手当たり次第だったのさ。当時は鉱脈を探知する装置もなかったから、鉱脈にぶち当たるかどうかは半ば鉱山技師の勘みたいなものだった。当然、当たりよりは外れの方が多い。外れたら、鉱山技師はさっさと見切りをつけて他の土地に移動する。あそこに開いている穴ぼこは外れの証だよ」

「話を聞いていると何だか賭け事みたいですね」

「みたいじゃなくて賭け事そのものさ。それもメチャクチャ勝率が低い。宝くじより多少マシな程度だ」

「宝くじより多少マシな程度でそこら中の山を掘るんですか。大損じゃないですか」

「試掘費用は他人持ちだから本人の腹は痛まない。鉱山技師というのは別名山師（やまし）と言うんだけど、これは詐欺師の由来になっているくらいで、まあ推して知るべしさ」

かつて姫野村にも山師が暗躍した時代があったのか。土地の人間からではなく、余所者の麻宮から指摘されたことが恥ずかしい。それだけ生まれ故郷の歴史に関心がなかった証拠だ。

「戦後直後には種苗詐欺、その後は石炭掘り。田舎というのは絶えずそういう詐欺師連中の餌食になっていた。姫野村も例外じゃない」

視野が狭いからだ、と裕也は胸の裡で自嘲する。山野に囲まれ、入ってくるネット情報は実体がない。話す相手と内容はいつも同じで進展もなければ革新もない。世間で何が起こっても村の生活には毛ほどの変化もなく、精々マスク着用を真似るくらいしかできない。きっと世間を渡り歩く詐欺師には格好のカモなのだろう。

ますます姫野村に対する嫌悪感が募っていく。

しばらく登ると、やがて中腹のビニールハウス群が視界に入ってきた。伏水家のものばかりではなく、他の農家の温室も並んでいる。

「ここ、か」

裕也に遅れて辿り着いた麻宮は肩で息をしながら辺りを見渡す。平坦な農道に沿ってずらりとビニールハウスが並ぶ。中には青々とした蔓が見事に伸びている。

「なかなかに壮観だが、反対側はあまりぞっとしない風景だ」

麻宮が振り返ると、後方では虚が口を開けていた。

崖面にぽっかりと開いているのは直径一メートル半ほどの洞窟だった。もちろん大昔から存在するものであり、村人全員が知っている。同世代には洞窟探検を決行した者もいるが、裕也は未経験だった。

「この洞窟、中はどうなっているのかな」

「一度、警察だったか消防団だったかが中に入ったことがあるって聞いてます」

「警察か消防団というのはキナ臭いね」

「例の巌尾利兵衛の事件が起きた時、山狩りしたんです。洞窟の中はその際に調べられたみたいですね」

「洞窟内に身を潜めるというのは考えられるパターンだね。どこかに洞窟の出口があるのかい」

「そんなに長い洞窟じゃないです。長さは五百メートル程度で中は行き止まりになっているそうです」

　行き止まりで、しかも枝分かれしている場所は一つもない。だから潜伏したとしても洞窟の入口から踏み込まれたら終いだ。

「洞窟内を捜索しても巌尾利兵衛は見つからなかったんだよね」

「ええ。でも山狩りの間は那岐山の向こう側にも警察や地元消防団が総出で張っていたから、そっちへ逃げた訳でもないんです。結局は逃げている最中に足を滑らせて岩と岩の間に挟まったか、小川に落ちたんだろうって」

　この辺りの山には野生動物が多い。人知れず息絶えれば、たちまち彼らの食糧となり後には骨も残らない。

「ただし、そう考えなかった人も多かった訳だ」

「はい。死体が見つからない限りはどこかで生き延びているんじゃないかって」

「それだけ六人殺しの印象が強烈だったんだろう。彼の殺戮行為はまるで鬼の所業だからな。山に迷い込んだくらいで鬼は死なないしね。それで伏水氏の死体はどこにあったんだい」

「一番手前のビニールハウスが伏水家のものなんですけど、あそこと洞窟の中間に倒れていたらしいです」

「じゃあ、ちょうどこの辺りか」

麻宮はその場に立ったまま、前後左右を見回す。まるで伏水が最後に見た光景を確認しているかのような素振りだ。

「自分ん家のビニールハウスが気になるから、ここまでやってきたというのは腑に落ちる。問題は本当に自然死だったのかどうかだ」

「麻宮さんは、伏水のおじいちゃんが殺されたと考えているんですか。あのおじいちゃんを殺して誰か得をするとは思えないんだけど」

「君は伏水家の内情を知っているのかい」

「もう麻宮さんだって知ってるでしょう。姫野村の人間にプライバシーなんてありませんよ」

裕也はやはり自嘲気味に言う。

「子どもの成績や家族仲どころか、誰と誰が不倫しているかなんてことまで知れ渡っている。それぞれの家の経済状況も筒抜けですよ。そもそも田山村長の家以外はどこも似たようなものですしね」

「なるほど。その上で伏水氏には殺される動機がないという確信があるんだね」

裕也は伏水家の家族構成から説明を始める。伏水良策と富江夫婦には二人の子どもがおり、長男の良一は四十二歳独身、次男の良二は三十八歳で村から出て所帯を持っている。良二はとにかく田舎の暮らしが嫌で堪らず、高校卒業を機に家出同然で飛び出していった。親とは疎遠で盆正月にも帰ってこなかった。久しぶりに帰郷したのが良策の葬儀だったのだから徹底している。

では長男の良一は家業を継ぐことに抵抗がなかったかと言えばそうでもない。良一は良一で農業を嫌っているものの、長男という立場に縛られて動けないだけだ。事実、良一は村の同級生に『弟に先を越された』とこぼしている。

兄弟とも家業を嫌がったのは農作業の辛さも然ることながら、家の経済状況が逼迫していた事実に起因する。姫野村には珍しくもない話だが、種苗の買い付けやビニールハウスの設置で農協に相当な額の借金をしている。借金塗れの家業を巡って相続争いが発生するはずもなかった。

「そういう事情なので、とても伏水のおじいちゃんが金銭絡みで殺されたとは思えません。家族仲は決して良いとは言えなかったけど、まさか殺すような深刻なものじゃなかったです。だから伏水のおじいちゃんが殺される理由は一つもないんです」

「じゃあ逆に訊くけど、裕也くんは本当に自然死だと思っているのか。村の言い伝え通り、鬼の哭き声がした時に山に向かったから死んだとでも思っているのか」

裕也は返事に窮する。巌尾利兵衛の祟りやら伝説やらを信じているなどと口外できるはずもないが、全く信じていなかったと言えば嘘になる。

「どちらにしても情報不足の感が否めない。伏水氏の死体を扱った警察官は誰なのか知っているかい」

昔は姫野村にも駐在所があったと聞く。だが村民の減少が進むにつれて廃止された。今は隣町にある駐在所が姫野村を管轄している。隣町に駐在している警察官の顔と名前を知っている中学生などいるものか。

「うーん、死体発見時の詳細を知りたいところなんだけどね。ああ、第一発見者は村の人だったんだな。誰だか知っているかい」

「ここにビニールハウスを持っている草川（くさかわ）のおじいちゃんですよ。やっぱりビニールハウスが心配になって見に来たら、ハウスより先に死体を発見しちゃって」

「裕也くん、草川さんと仲良かったりするかい」

「仲は良くも悪くもないです。ただのご近所だから」

「俺を草川さんに紹介してくれないか」

「それは無理」

「即答かよ」

「麻宮さん、ただでさえ警戒されまくってるのに、これで死体を発見した時の話を聞かせろなんて持ち掛けても拒否られるだけですよ」

「それはそうだな」

麻宮はまるで残念そうな顔をしていない。むしろ自分の思う通りに事が運んでほくそ笑んでいるようだ。

「それなら代わりに君が訊いてくれないか。どんな姿勢で倒れていたのか。顔に変色はなかったのか。死体からどんな臭いがしていたのか」

「どうしてそんな質問になるんですか」

「俺も刑事や監察医じゃないから専門的なことは分からないが、毒を盛られたら体表や顔には異状が生じるらしい」

「毒殺説の証拠を集めるつもりなんですか」

「別に毒殺だと決めている訳じゃない。ただ本当に自然死だったのかを確認したい。余所者の俺が質問しても拒否されるだろうが、ご近所の君が訊く分には抵抗もない」

即座に断ろうとしたが、先に麻宮が制した。

「もちろんタダとは言わないよ」

「え」

「今、休み期間中だったたね。夏休みの課題と言おうかバイトと言おうか、どちらにしても礼金ははずむよ」

「でも」

「君だって興味がない訳じゃあるまい。本当に自然死だったのならそれで良し、もし違っていたら、君は名探偵の仲間入りだ」

「……麻宮さん、割と恥ずかしいこと口にするんですね」

「君の世代には恥ずかしい誘い文句だったか。失礼。ジェネレーションギャップというヤツだ。しかし、小中学生が慢性的に金欠なのはいつの世でも同じだろ」

麻宮が提示した金額は、この上なく魅力的だった。

「やります」

裕也は容易く金額に転んでしまった。

「ただし、その金額を報酬にするのだから、伏水氏以外に、過去に因縁めいた死に方をしている事件についても探ってほしい。この村にも、昔の話を知っている長老みたいな人が存在しているだろ」

「そりゃあ年寄りは少なくないけど」

「年寄りというのは若いモンに昔話や体験談を披露するのが三度の飯より好きなんだ。中学生の君が質問したら必ず答えてくれるさ」

年寄りが話し好き説教好きというのは麻宮に指摘されるまでもない。何となく言いくるめられたようでもあるが、裕也は提案を受け容れて麻宮の目となり耳となることを約束した。


翌日、裕也は農作業の合間をみて草川家を訪問した。草川老人も野良仕事をいったん終えたばかりだったので、ちょうどよかった。

伏水良策を発見した時の話が聞きたい。

そう裕也が切り出すと、草川老人はしばらくもったいぶった後に嬉々として話し始めた。

「伏水の良策さんとは村の寄り合いでもよく話した仲で、俺が死体を見つけたのはやっぱり縁だったんだろうなあ。パセリ栽培は村長ン家が中心になってるから、どうしたって俺たち後発組はマスカットに力を入れなきゃならん。きっと良策さんにとってビニールハウスは三番目の子どもだったんだろうな。しかし、ところどころビニールがへたっても、カネがないから張り替えもできん。あれ以上は借金も増やせんしなあ。雨風強い日に様子を見に行きたい気持ちは痛いほど分かる。ん、死体の状態か。こう、頭をビニールハウスに向けて俯せに倒れていたな。顔色か。青白い顔だったが、それ以外に気づいたところは特になかった。斑点とか変色。おい、いくら親しかった相手でも、死体を見つけた直後に、そんなにじろじろ観察できるもんか。スマホで警察と良策さんの長男坊を呼んでからは、亡骸(なきがら)の傍らでずっと手を合わせておったんだ。ウチも良策さん家も代々真言宗で」

結局、麻宮が求めている情報は得られず、裕也は続く草川老人の昔話に延々と付き合わされる羽目となった。

翌々日に向かった先は葛原(くずはら)家だ。主は葛原与助(よすけ)九十一歳、長老の一人で田山村長ですら頭が上がらない村の生き字引。巌尾利兵衛と同じ時代を生きた人間の生き残りでもある。

ただし九十一歳と言っても矍鑠(かくしゃく)としており、話す言葉は明瞭そのものだった。

「鬼が哭いた日に死んだ者たちの話を聞きたいって。若いのに酔狂なことだ」

こちらを酔狂と言いながら葛原老人も満更でもなさそうだった。

「巌尾利兵衛さんのことはよおっく憶えておる。わしが成人する前年の事件だった。三夫婦六人を殺して山に逃げ込んだんだが、普段の利兵衛さんはどちらかと言えば小心者だったから余計に驚いた。余計に禍々しかった。人が鬼に変化するというのはこういうことなのかと心底恐ろしかった」

「山狩りをしても結局見つからなかったんですよね」

「鬼哭山の標高はさほど高くない。しかし裾が広がっていて、灌木や下草がやたらに育っている。中腹にマスカットの温室を作る際、皆がどれだけ苦労したかは、お前も父ちゃんから聞いているだろう。とにかく崖や林が多いものだから人一人が野垂れ死んだところで、おいそれと見つかるもんじゃない。ほれ、ビニールハウスの並びに洞窟があるだろ。あの中に潜伏しているんじゃないかと一度は横穴を開けてまで捜してみたが無駄だった。だから散々捜索して指一本発見できなかった時、山の中で死んで犬や鳥に食われたものだとばかり信じられた。だからなあ、一年後に利兵衛さんの声が轟いた時、村の人間は一人残らず震えあがったもんだ」

　それは昭和二十四（一九四九）年の出来事だった。季節はちょうど今のような夏真っ盛り、山へ出掛けた穴吹高雄（あなぶきたかお）が夕刻になっても帰宅しなかった。その夜、鬼哭山から例の声が轟き、翌朝、穴吹は山の中腹で死体となって発見された。

「どこかを殴られたとか切られたとかの痕はついてない。しかし利兵衛さんの声が聞こえた時に殺されたのは間違いない。穴吹さんは消防団の団長で利兵衛さんの山狩りの指揮を執った一人でもある。自分を村から追い出し、山狩りまでして追い詰めた村人に復讐（ふくしゅう）をしているんだと、すぐに噂が立った」

「でも、利兵衛は死んだことになっているんでしょ」

「その一件以来、やっぱり生きているんだと言い始めるヤツが出てきた。現金なもので、事件を機に別の噂も紛れ始めた。倉敷の街中で利兵衛さんそっくりの男を見かけたとか、津山線の電車によく似た男が乗っていたとか、まあ根も葉もない噂さ。根も葉もないからしばらくすれば立ち消えになるんだが、立ち消える前に、また別の事件が起きた」

今度は昭和四十（一九六五）年の六月のことだった。夕刻に鬼哭山から利兵衛の声が轟き、不気味な言い伝えを知る村人たちは凶事の前触れとして家の中に閉じ籠ったが、家を出た武見久五郎がやはり夜になっても帰宅しなかった。

果たして翌朝、武見は外傷のない死体で発見された。

「鬼哭山からの声は穴吹さんの事件と武見さんの事件の間にも、何回か聞こえたことがある。だが、その時はたまたま家を出る者がいなかったから難を逃れることができた。殺されたのは声が響いた時、折悪く山に向かった者だった。何のこたあない。自分からわざわざ鬼に殺されに行ったようなものさ」

しばらく悲劇は中断していたが、平成十一（一九九九）年に再開する。例のごとく利兵衛の声が山から聞こえた時、山に向かっていた日置満男が死体で発見されたのだ。

悲劇は尚も続く。平成十七（二〇〇五）年十一月、林屋昌平がやはり同様の状況で死亡する。

「それで去年の伏水さんだ。これでつごう五人の人間が利兵衛さんに祟り殺されたことになる。しつこいようだが、利兵衛さんの声はそれよりも多く聞こえている。自分の農園が気になったり、あるいは興味を抱いたりして山に向かったヤツが死ぬ。まっこと、好奇心は猫をも殺すの諺通りだ」

葛原老人は歯が半分ほど抜けた口でふしゅふしゅと笑う。自分より若い連中が先立つのが愉快で堪らないといった風情だ。不謹慎と言えば不謹慎だが、九十二歳という年齢がそれを感じさせない。葛原老人の言葉を聞いていると、迂闊に鬼哭山に分け入った者こそ自業自得のような気さえしてくる。

「今日びの若いモンは因縁だ祟りだと聞くと眉を顰めて嘲るが、溜まりに溜まった怨念はそう簡単に浄化されるものじゃない。場所に憑くし人にも憑く」

「それならお祓いとかすればいいのに」

「やったさ。それこそ人死にが出る度にな。しかし、相変わらず利兵衛さんに祟られるヤツが引きも切らん。妄執というのはお祓いくらいで鎮まるようなものじゃないのさ」

「でも祟り殺された五人は巌尾利兵衛に関係のない人ばかりじゃない」

「そうとも限らん」

葛原老人は意地の悪そうな笑みを浮かべて言う。

「殺された穴吹さん、武見さん、日置さん、林屋さん、そして伏水さん。実は全員が、大地主から小作人に落ちぶれた利兵衛さんを嗤ったヤツ本人、またはその子どもだった。祟られるにはそれだけの理由があったのさ」

2

裕也から聞き取り調査の結果を告げられた麻宮は、興味深げに頷いてみせた。

「死んだ五人全員が巌尾利兵衛に仇(あだ)なす者かその子孫とはね。原因と結果が綺麗に結びついている。祟り話がもっともらしく伝わる訳だ」

興味深げである一方、どこか揶揄するような響きも聞き取れる。

「何だか気に食わないみたい」

「うん。折角話してくれた葛原さんには申し訳ないけど、俺は呪いだとか迷信だとかは全く信じないタチでね。さほど信心深くもない家に育ったからだろうな」

加えて麻宮は証券会社に勤めている。迷信深い人間が証券会社勤めというのは確かに違和感がある。

「でも五人全員が巌尾利兵衛に仇なす者だったというのは迷信でも何でもない事実なんですよ。その五人が揃いも揃って鬼哭山で命を落としているのは偶然で片づけられませんよ」

「そうかなあ」

麻宮はいちいち裕也の反応を愉しんでいるかのようだった。

「たとえば奇術は人体切断とか水槽脱出とか、およそ不可思議な現象を見せるけれど、全てにタネがある。観衆の思い込みにつけ込んだ錯覚と誤認。それこそが奇術の根幹だ。鬼哭山の件も似たようなものじゃないのかな」

　裕也には麻宮の言わんとすることが理解できない。

「原因と結果が上手く結びついているみたいだから、この話は因縁めいて見える。だけどね、もっともらしい話には結構抜けが多い。その抜けを一つ一つ洗っていくと、もっともらしい話はある時点で胡散臭い話に一変する」

「麻宮さんの言ってることがよく分かりません」

「だろうな。俺もあまり分からずに喋っている」

　麻宮は自分をからかっているのだろうかと疑ってもみたが、顔つきを見る限り裕也に対する侮蔑や揶揄があるとは思えない。

「一つ訊いていいですか、麻宮さん」

「一つと言わずいくつでもいいよ」

「どうして巌尾利兵衛の祟り話に興味を持つんですか。最初は鬼哭山の由来について疑問を持っていましたね。それは移住してきた姫野村のことを知りたいという理由で納得できますけど、過去に起きた事件まで調べるのはちょっとやり過ぎじゃないんですか」

　祟り殺されたとされる五人を調べるうち、当然のように湧いた疑問だった。

　だが麻宮は事もなげに答える。

「名前の由来を訊いたら、令和の時代に祟りときた。この土地に住もうというのだから、訳の分からない言説や事象を払拭したいというのは自然な成り行きだと思うけど」

「でも自腹を切ってまでなんて」

「人は趣味のためならカネを出す生き物だよ」

「趣味」

「祟りだとか呪いだとか理屈に合わない謎の種明かしをしたい。なるべく長く住んでいたいからね。己の住処が怨念漂い、死体がごろごろ転がる土地だなんて気味が悪いじゃないか。それとも裕也くんは平気なのか。伝説と迷信に支配された故郷で楽しいかい」

「別に楽しかないですけど、伝説の調査なんてよっぽど暇でないと」

「暇、なんだよ」

麻宮は大袈裟に両手を広げてみせる。

「リモートワークだから基本、日中は人と会うことがない。電波も碌に届かない。遊戯施設も呑み屋の一軒もない。若くて綺麗なお姉ちゃんもいない。いるかもしれないがまだ会ったことがない。暇潰しを兼ねて新天地がどんな場所なのか調べるのは趣味としても高尚な部類だと思わないか」

「でも、怨念と祟りの歴史じゃないですか。そんなのを調べるのが趣味って」

「趣味というのが人聞き悪いのなら、知的好奇心と言い換えてもいい。知的好奇心こそ人を啓蒙し社会を発展させるエンジンだ。古き因習から脱却させ、人々の意識を革新してくれる」

「少し大袈裟じゃないですか」

「そんなことはない。君だって姫野村の閉鎖的な部分は否定できないだろ」

村が閉鎖的という指摘は間違いないので反論できない。

「理解不能な事象を撲滅する。迷信を駆逐する。秘密を破壊すればするほど閉鎖性は後退するはずだ。知的好奇心は必ず姫野村の意識改革に寄与する」

「好奇心は猫をも殺すと言いますよ」

葛原老人の受け売りだが、今の麻宮にはぴったりだと思った。

「へえ、気の利いた諺を知っているね。でも、そもそもの語源を知っているのかな」

「いえ……」

「イギリスの諺に『A cat has nine lives』、猫は九つの命を持つ、というのがある。それほど猫を殺すのは容易じゃない。しかし好奇心はいとも簡単に猫を殺してしまえる。そういう意味だよ」

「それでも好奇心で巌尾利兵衛の祟り話を解明するのは否定しないんですね」

「諺に従うなら九つ以上の命を持っていればいい訳だ」

「麻宮さん、人間ですか」

「株屋なんかしているとね、命がいくつあっても足らなくなる」

いったい証券会社というのは、どれほど苛酷な商売なのかと勘繰ってしまう。

「さて、葛原老人が話してくれた五人の犠牲者についてなんだけど、もっと詳しい情報を入手できないものかな」

「詳しい情報って、どんな内容ですか」

「彼らが死んだ日付を正確に知りたい。あと、警察が彼らの死をどんな風に扱い、どう処理したのかも。葛原老人の証言は非常に有益だけど、公式な記録も欲しい。何月何日の何時に誰の死体を誰が発見したのか。被害者の家族構成はどうだったのか。その日の天候はどうだったのか。死体は解剖されたのか」

「そんな情報が必要なんですか」

「必要かどうか現時点では分からない。でも情報はできるだけ多く収集するべきだ。収集した上で必要と思える情報を取捨選択すればいい」

裕也は考え込む。麻宮の手伝いをしたいのは山々だが、公的記録となれば自分の手に余る。

「君に無理難題を押しつけるつもりはない。中学生には荷の重い仕事だからね」

ほっとする一方、自分の能力を見くびられているようで少し苛立つ。

「でも麻宮さん、この村では他に頼み事できる人間がいないんじゃないですか」

「生の証言は葛原老人のような人を頼らざるを得ないけど、公式記録の方は人に頼らずに入手する方法がある」

「まさか非合法な方法じゃないでしょうね」

するると麻宮は不穏な笑いを浮かべた。

「非合法ねえ。他人に迷惑をかけない。それどころか誰かの役に立つのなら、そういう手段も許されるべきだと個人的に思っている」

その日の夕方は食卓についた時からひと波乱ありそうな雰囲気だった。敏夫は気難しげな顔をしており、こういう顔をしている時は大抵裕也を叱責すると相場が決まっている。

「お前、新参者の家に入り浸っているそうじゃないか」

膳が運ばれてくる前に切り出された。

「あいつは要注意人物だから近づくなと言ったはずだぞ」

やはり麻宮の件か。

裕也はうんざりしたが目の前の父親を無視する訳にはいかない。

「入り浸っている訳じゃない。色々訊かれるから答えているだけだよ。話している最中は四メートル以上離れて、お互いマスクもしている」

四メートル云々は誇張だが、少なくとも戸外に出た時は村人に目撃された際の用心でマスク着用を遵守していた。

「感染しないための工夫のことを話しているんじゃない。近づくなと命令したのに、どうして話している」

「村について訊かれたのに答えずにいろっていうの」

「そうだ。聞こえないふりをして通り過ぎればよかったんだ。それをどうして相手にするんだ」

「だってコロナの感染者と決まった訳じゃないんだろ」

「感染者じゃないと決まった訳でもない。それにコロナ以外にも怪しいところがある。聞いた話じゃ分校で校長と話したり、何か調べ物をしていたりしたらしい。お前、知っているか」

「どうせ住むんだから、姫野村の歴史を知りたいと言ってた」

「ふん。嘘に決まっている」

決めつける理由を知りたいところだが、父親の口から理路整然とした言葉が聞けるとは思っていない。

裕也をまだ子どもだと思っているのか、それとも息子には問答無用の対応が当然と考えているのか、敏夫はまともに説明したことがない。子どもは親の命令を唯々諾々と聞き入れるものと信じ込んでいるようだった。

裕也も小学生までは反論するつもりがなかった。反論したところで一笑に付されるか、さもなければ拳骨で殴られるのが目に見えている。父親というのは姫野村の象徴で、逆らうのは村に対する反逆と同義のように感じていた。

だが最近の裕也は父親の言葉を絶対視できないでいる。姫野村で通用する常識は単なるローカルルールであり、そのルールに縛られている敏夫たちは井の中の蛙にしか見えない。

つい言葉を返した。

「麻宮さんが姫野村の歴史を知ろうとしているのが、どうして嘘なんだよ」

途端に敏夫が顔色を変えた。

「口答えするな」

「口答えじゃなくて質問だよ」

「それが口答えっていうんだっ」

敏夫の声に、膳を運んできた緋沙子の足が止まる。

「こんな田舎に移り住むというだけで充分怪しいんだ。それに加えて、村の歴史を知りたいだと。

余所者が調べるほど大層な歴史なんてあるもんか。とにかくやることなすこと怪しい」

「さっきから怪しい怪しいって。自分で確かめもしないくせに」

「その口の利き方は何だあっ」

敏夫はテーブルの上にあった湯呑み茶碗を摑むと、中身を裕也の顔に浴びせた。

茶碗を投げつけるよりは安全だった。中身が温くなっているから火傷の心配もない。

しかし裕也の自尊心をずたずたにするには充分な仕打ちだった。

「ほら、早くお父さんに謝りなさいって」

緋沙子が差し出した布巾で濡れた顔を拭く。だが謝るつもりは毛頭なかった。

「証券会社勤務というのも気に食わん。株屋なんて素人を騙すのが仕事みたいなもんだ。何を考えているか分からん顔つきも気に食わん。ああいう手合いは村のためによくない。お前に近づいたのも、きっとお前が騙しやすそうに見えるからだ。そうに決まってる」

聞けば聞くほど父親の不見識と狭量さを思い知らされる。言葉や所作の一つ一つに落胆を覚える。俄に父親の姿が小さく見えてきた。こうして正面に座っていても座高にさほどの差はない。今まで想像すらしなかったが、一対一の取っ組み合いをしてもいい勝負になるのではないか。

見くびる気持ちが禁断の言葉を吐かせた。

「だから嫌なんだ」

「何が嫌だ」

口にしてからしまったと思ったが後の祭りだった。

言い直してもどうせ叱責される。それなら最後まで言ってやろう。

「この家も姫野村もだよ。もう令和の時代だっていうのに二言目には余所者余所者って。こんなせっまい村の中で村八分だなんて訳分かんないよ。麻宮さんを除け者にする理由だって明確に答えられないのに」

きっと胸に溜まっていたのだろう。一度吐露すると、思いは直截な言葉となって後から後から迸る。

「嫌だからどうするっていうんだ。子どもみたいな駄々をこねるな」

「嫌だから、高校卒業したら家を出ていく。村から出ていく。こんなところに残りたくない」

「出ていってどうするつもりだ。やりたい仕事でもあるのか。まさかガキの時にほざいていたユー何とかや公務員になりたいとか、未だに考えているんじゃないだろうな」

四年も前に口走った内容をまだ憶えていることが少し意外だったが、嬉しさは欠片もない。

「お前の頭じゃ公務員はまず無理。なれたとしてもユー何とかだが、あれだって今じゃメシが食えるような商売じゃあるまい」

「そうやって、いつもいつも決めつけるなよ」

思わず声が跳ね上がる。

「今からでも一生懸命勉強すれば公務員になれるかもしれないのに」

「今までお前が一心不乱になって机に向かっている姿なんて見たことがない」

「農家以外なら何だっていい。姫野村以外ならどこだっていい」

呆気なく本音が洩れてしまった。

はっきり口に出すと、己の心を一層直視できた。

そうだ、自分は農作業と姫野村に飽き飽きしていたのだ。農家を蔑んでいる訳ではない。収穫の手伝いをしているから農家の苦労も分かるし、立派な仕事だとも思っている。

だが自分が一生続ける仕事ではないし、第一姫野村に縛られるのはもっとご免だ。ここにいると息が詰まる。田舎でも世界の情報は入手できるが、外に出なければ手に入らないものが必ずあるはずだ。

裕也は、いつ敏夫の拳骨が飛んでくるかと身構えていた。だが案に相違して敏夫は昏く沈んだ目でこちらを見ているだけだ。

「全然、成長してないな。小学四年生のまんまだ」

事態が鎮まったと判断したのか、緋沙子は何事もなかったかのように皿を置き始める。

「お前は現実が見えていない。自分のやりたいことも見えていない。それなのに農家を嫌がるのは、ただ身体を動かすのが嫌なだけだ。額に汗するのが嫌なだけだ。それをはっきり言いたくないから他の理由を必死になって探している」

「違う」

「どうせ、あの新参者に吹き込まれたに決まっている。東京は面白い。東京には楽して稼げる仕事が山のようにあるってな。他人のカネを右から左に動かすだけで給料をもらう株屋の言いそうなこった。やっぱりお前はあの男に騙されているんだ」

「違うったら」

「もう喋るな。飯が不味くなる」

有無を言わさぬ口調だった。

「お前の将来は俺が決めてやる。村にいる限り、仕事にあぶれることも飢えることもない。心配するな」

心配しているんじゃない。

絶望しているんだ。

だが裕也は思いに蓋をし、ついでに口も閉じた。こちらが激昂すればするほど、敏夫に軽くいなされるに違いない。

いっそ口論の末に殴り合いでもすれば少しは問題が進展したかもしれないが、これでは元の木阿弥(もくあみ)ではないか。

裕也はサバの煮つけに箸をつけて口に運ぶ。

いくら咀嚼しても砂を噛んでいるようにしか感じられなかった。

夕食を終えると、敏夫は一番風呂に入った。裕也との諍い(いさか)がまるでなかったかのように振る舞う父親が疎ましくてならない。

「もう、あんなこと言うんじゃないよ」

緋沙子は気遣うように話し掛けてきた。もっとも気遣う相手が裕也なのか敏夫なのかは判然としない。おそらく両方だろう。

「さっきのは本気じゃないよね」

探るような口調に粘り気があった。

「オヤジと同じ意見なのかよ」

「そうじゃないけど……お母さんもね、裕也にはちゃんとした仕事に就いてほしいと思っているけど、吉岡（よしおか）さんとこの稔（みのる）くん、知ってるでしょ」

知っているも何も幼馴染だ。

「稔くんも家を継ぐのを嫌がって、高校卒業するとすぐに村を出ていった。でもバイトか派遣社員にしかなれず結局戻ってきた。街に出ていた八年間、何の資格もコネも作れず無駄にしちゃった。あの歳で八年間を棒に振るとホントに大変なのよ。お母さん、裕也にはそんな苦労を味わわせたくない」

お為ごかしだと思った。

裕也と稔は別の人間だ。それを同列に扱って説得しようとするのは、敏夫と別の切り口で脅しているのと同じではないか。

「さっきお父さんも言ってたけど、農家も捨てたもんじゃないよ。そりゃあ天候に左右されるし豊作過ぎたら作物の値が下がる。決して大儲けできるような商売じゃない。でもね、口に入る物を作っているから、どんな時でも自分たちは絶対に食いっぱぐれたりしない。それって結構大したことなのよ」

ただの自給自足ではないか。

「家を買うにも借りるのにもおカネが要る。他の土地で気を許せる友だちが作れるかどうかも分からない。たとえ田舎でもさ、住める家、帰ってこられる場所があるというのは幸せなことなんだよ」

どれほどみすぼらしい現実でも先行き不安な未来に比べればずっとまし。

母親らしい物言いだと思った。裕也の将来を心配しての発言には違いない。それでも緋沙子には違う可能性を示唆してほしかった。

「それとお向かいの麻宮さんのことだけど、お母さんもお父さんと同じ意見。あの人にあまり近づいてほしくない」

「色々と胡散臭いからかよ。それとも俺を騙していると思うからかよ」

「正直言って、麻宮さんがどんな人で何を考えているかなんてどうでもいいの」

「え」

「麻宮さんがお父さんやご近所からどう見られているかが大事なの。コロナの感染者だと噂されている人に接触すれば裕也も感染したと思われる。詐欺師みたいな人と仲良くしているところを見られたら、裕也も仲間だと思われる」

「それ、極端だって」

「極端かどうかは姫野村の人間が決めることよ」

すっかり忘れていた。

姫野村の常識は世間の非常識だった。

「お父さんお母さんまで村八分にさせたくなかったら、今後麻宮さんと親しくしないでよ」

念を押すように告げてから、緋沙子は裕也の許から立ち去った。

大方の予想はしていたものの、はっきり母親の援護もないと知ると気落ちした。母親なのに息子よりも世間体を大事にしたいのだ。

今更ながら姫野村という共同体が、いかに堅牢で因習深いものかを思い知らされる。人が土地に住んでいるのではなく、土地が人を縛りつけている。呪縛の力が強過ぎるので、一度村を離れた者すら再び引き寄せられてしまう。

きっと敏夫や緋沙子の言ったことは姫野村の常識なのだろう。そしてその常識を刷り込まれた子どもたちが、同じことを下の世代に伝えていく。

嫌だ嫌だ嫌だ嫌だ嫌だ。

裕也の頭に、不意に麻宮の顔が浮かんだ。

明日、麻宮に会って二人が言ったことをどう思うか感想を聞いてみよう。

今や裕也にとって、麻宮は両親以上に信頼の置ける存在となっていた。

3

「あの麻宮ちゅう男はいったい何者なんだ」

野良仕事に出掛ける道すがら、男の声が裕也の耳に飛び込んできた。草川家の次男康二（こうじ）が同じく菅井家の次男時彦に話し掛けたのだ。

「東京から来た株屋だろう。俺はそう聞いてるぞ。株屋ってのはノートパソコン一台あれば商売ができるから、姫野村みたいな辺鄙な場所でもやっていけるって」

「けっ、本当かどうか分かるもんか。どうせ役場の久本からの受け売りだろう。誰かが確かめた訳じゃねえ」

「全部嘘だって言うのかよ」

「俺たちに近づこうとせず、そのくせ色んな場所に出掛けている。真っ昼間だっていうのに仕事をしているようにも思えない。何から何まで怪しい」

「言われてみればなあ。引っ越してきた時も挨拶回りしなかったみたいだし」

二人ともマスクをしたまま話しているが、ひどく苛立たしげだった。もちろん苛立っているのは炎天下でマスクをしている息苦しさゆえだ。

裕也も同じ条件下で農作業をしているのでよく分かる。自分の息がマスクの中に籠って満足に呼吸できず、熱気が蓄積される。誰かと対面している訳ではないのでマスクを着用しなくてもいいはずだが、同調圧力がそれを許さない。余所はどうだか知らないが姫野村の同調圧力は半ば掟のような拘束力を持つ。実際の効果は問われない。とにかく従うことこそが村に住む者の義務であり資格でもある。

気になるのはマスク着用の不愉快さが他に転化していることだ。この二人で言えば農作業の不快さが麻宮への嫌悪に変化しているように見える。裕也も部活動でしごかれている時、しんどさや暑苦しさを紛らすため別の何かを罵ることが多々ある。それは父親の頑迷さに対してであったり姫野村の辺鄙さに対してであったりだが、要は適当にガス抜きの場所を探しているだけだ。

以前からその傾向があったが、気温が高くなるにつれてより顕著になった感がある。マスク着用での農作業を強いられ、村民の多くは裡に不平や不満を溜め込んでいる。その空気は裕也のような子どもでも読み取れている。こういう場合、ガス抜きの先が余所者に向きやすいのは姫野村の常だ。

「おい」

菅井家の次男が裕也の姿を認めて草川に注意を促す。裕也が麻宮と親しくしている事実は村中に知れ渡っており、さすがに本人の前で噂話をする非常識さくらいは知っているらしい。裕也は聞こえなかったふりをして二人の前を通り過ぎる。

村民の噂話ほど鬱陶しいものはない。以前はそれほどでもなかったが、中学に上がった頃から急に嫌悪感を生じるようになった。何かといえば好奇心を曝け出し、他人の不幸を喜び、失墜した者を嘲る。その場にいない本人には抗弁さえ許されない。卑怯で、下衆で、そして見苦しい。自分は間違ってもあんな大人にはなるまいと肝に銘じる。

それにしても麻宮に纏わる噂を耳にすることが多くなった。特に自分が気にしているせいかもしれないが、本人が村に現れた時の倍ほど騒がれているのではないか。

本当に嫌なところだと思う。この村で生まれ育ったことが堪らなく疎ましい。

勉強は好きではないが、国語の授業で覚えた諺が頭に残っている。

〈朱に交われば赤くなる〉。人は周囲に惑わされやすく、付き合う人間によって善にも悪にも感化されるという意味だが、この伝に従えば姫野村に住み続ける自分も噂好きのくだらない人間に堕ちてしまうことになる。

嫌だ。

想像しただけで怖気を震う。

出ていくんだ。こんな村、一刻も早く出ていくんだ。


酷暑とはよく言ったもので、体力には自信がある裕也も三十分も働き続けると身体中の水分が熱湯になるような怠(だる)さを覚える。休み休みの仕事になるのでいつもより効率が上がらないまま、陽が沈みかけるまでだらだらと身体を動かしている。

家に帰る途中で麻宮の家を訪れる。近所の目があるので人目がないのを確かめてから、そっとインターフォンを鳴らす。

「僕です」

『どーぞ』

玄関に入ると空調が効いていて肌から急速に熱気が飛んでいく。きっと一日中、エアコンを全開にしていたに違いない。素直に羨ましいと思った。麻宮がどんな家に生まれ育ち、どんな環境で勉学に励んだかは知らないが、相応の聡明さと相応の努力の積み重ねで現在の仕事と収入を得たに違いない。麻宮から仕事の愚痴は聞いたことがないので、本人も今の仕事に満足しているように見える。

自分は麻宮のように己が満足できるような仕事に就けるのだろうか。己が誇れるような大人になれるのだろうか。

　麻宮はノートパソコンの画面に見入っていた。

「仕事中だったんですか」

「いや、ただの調べもの。ちょうど終わったところ」

「まだ六時前なのに本業は終わりなんですか」

「ニューヨーク市場が開く頃には、また仕事だからね。この仕事に定時なんてあってないようなものさ」

　これも羨ましいと思った。学校も農作業も時間に縛られている点は同じだ。麻宮のように時間が自由に使える身分に憧れてしまう。

「いったい何を調べてたんですか」

「前回言ったじゃないか。巌尾利兵衛の祟りで死んだとされる五人の村人。その正確な死亡日と時間を知りたいって」

　言われて思い出した。麻宮が公式記録を浚(さら)ってみると言っていた件だ。

「分かったんですか」

「死亡日と死体の発見時刻くらいはね。見なよ」

　麻宮に勧められてパソコンの前に移動する。画面に表示されていたのは古い新聞の拡大記事と、その要点を纏(まと)めたメモだった。

昭和二十四（一九四九）年八月五日午前（？）時　穴吹高雄
昭和四十（一九六五）年六月十一日午前七時　武見久五郎
平成十一（一九九九）年七月二十日午前八時　日置満男
平成十七（二〇〇五）年十一月十八日午前六時　林屋昌平
令和元（二〇一九）年七月四日午前五時　伏水良策

よく見れば拡大された記事は各人の死亡記事だった。

「この新聞記事、ネットにあったんですか」

「いや、全部山陽新聞から拾ってきた」

「新聞って、終戦直後の新聞なんてどこに保管されてたんですか」

「君はあまり図書館を利用したことがないだろう。学校の図書館じゃなく公立の図書館をだ」

「村にそんなものありません」

「でも村民なら津山市立図書館を利用できるだろ。あそこの図書館は郷土資料が充実しているね。戦前からの所蔵新聞が全てマイクロフィルムに収められていた。穴吹高雄の死体発見時刻は元の記事にも見当たらなかったが、彼以外は全て網羅されていたよ」

「でも伏水さん以外、日にちは不明だったじゃないですか」

「死亡した年と月くらいは分かっていたじゃないか。あとは社会面の記事を丹念にチェックするだけだ。簡単な作業だよ」

「その日の天候や解剖されたのかどうか、それから死んだ人の家族構成も知りたがっていましたよね」

「天候についてはは気象庁のデータが公開されているから位置と日付を打ち込めばすぐに検索できる。家族構成も何とか知れた」

「個人の家族情報なんて、ネットに転がっているはずないですよね」

「転がってはいないけど、あるところにはあるのさ」

麻宮は悪戯っぽく笑ってみせる。

「九四年に法務省が戸籍のデジタル化にGOサインを出してから、いくつかの地方自治体が先行して試行作業をスタートさせた。その多くは戦後に作られた新戸籍を対象としたんだけど、君は昔の戸籍簿を閲覧したことがあるかい」

「いいえ」

「縦書きで記されている上、バッテンや二重線やらで今の人間には読みにくいことこの上ない。それで公的機関共通のフォーマットに準拠させる意味もあってのデジタル化なんだけど、デジタル化というのはつまり文書を拝見するためにいちいち役所に侵入する必要がないってことだ」

「まさか。役場のコンピュータをハッキングしたんですか」

「市役所町村役場レベルのコンピュータはセキュリティが脆弱でね。言い換えれば、役所は住民の家族構成にあまり重きを置いていない。一番プロテクトが頑丈なのは納税関係であって、国が個人情報の何を重視しているかが、これだけで透けて見える」

言葉を返すつもりはないが、姫野村役場のホストコンピュータなら、納税証明どころかもっとセンシティブな情報もハッキングし放題な気がする。

「死んだ五人の家族構成を全部調べられたんですね」

「そうは問屋が卸さなかった」

麻宮は気取って両肩を竦めた。

「先行してデジタル化作業をスタートさせた戸籍の数は九自治体・六十九万件だった。各自治体ともデジタル化には意欲的だったので、初年度の調子を維持していけば、日本国民全員の戸籍がデータ化されるのも遠くないと期待された。ところが、これにストップが掛かった」

「個人情報保護の問題ですか。最近もマイナンバーの導入で色々揉めたって聞いたことがあります」

「そんな上等な話じゃないよ。アナログ情報のデータ化はセットアップからインプットまで処理費用は一件当たり二千円。結構な経費を計上しなきゃならないが、これは国の予算から何とか捻出できるはずだった。ところがね、当時の法務省と自治省が検討していた助成金が国会審議で否決されちまった。どこの自治体も助成金をあてにしていたから計画は頓挫。そもそも期限を決められたものじゃなかったから先送りに次ぐ先送りで、いつしか立ち消えになった。元々、カネをかけてまでやらなきゃいけなかった危急のものじゃなかったし、住民の反対を押しきってまで進める類の計画じゃなかったんだな」

「それじゃあ、五人の家族構成は」

「最初の犠牲者である穴吹高雄のデータは入手できたものの、あとの四人は登録もされていなかった。本当に試験的なレベルで中止したんだろうね」

「どうするんですか」

「いくら掘っても、そこにお宝がないのなら無意味だよ。別の方法を考えるさ」

「解剖のあるなしはどうやって調べるんですか。やっぱりハッキングですか」

「その類の資料は警察のデータベースに侵入しなきゃ手に入らないけど、残念ながら俺にそこまでのスキルはない。これも別の方法を考えなきゃいけない」

「やっぱり非合法な方法ですか」

「前にも言ったけど合法か非合法かという点にはあまり関心がない。バレなきゃいいと思ってる」

「それって犯罪者の理屈じゃないんですか」

「ハッキングが犯罪であるのは否定しないけど、被害者はどこにもいない。強いて言えば個人情報の最たるものを盗むことになるけれども、五人は既に死んでいる。文句を言うにしても墓の下からだ。死者からの異議申し立てなら、むしろ聞いてみたい」

屁理屈だと思ったが、悔しいかな裕也は論破できるほどの論拠が思いつかない。

「確信犯なんですね」

「人聞きが悪いな。自分の行動に信念を持っているだけだよ」

「そんなことを言ってるから村の噂に」

言いかけてやめたが、麻宮は聞き逃してくれなかった。

「俺が村の噂になっているのかい。いったいどんな噂だい」

麻宮の目は裕也の顔を捉えて離さない。顔を背けることもできず、裕也は仕方なく口を開くしかなかった。

道すがら耳にした麻宮の悪評、加えてここ数日裕也が見聞きした噂を告げる。中には裕也自身が眉を顰めるような悪口もあったので、それだけはオブラートに包んでおいた。

「まあ当然かな」

己の噂話を聞き終えた麻宮は然して気にする風でもない。

「時々隣町や市内に行く以外は、日がな一日家に閉じ籠っている。株屋なんていう胡散臭い仕事だし、ご近所とも碌に話していない。ああ、そう言えば近所に挨拶回りもしてなかったな。都会じゃそれが当たり前なんだけど、姫野村では非常識なんだろうね、きっと」

「村に引っ越してくる人なんてめったにいないし、近所回りなんて見たことないです」

「村の人たちと接点を持とうとしないから、胡散臭さにいけ好かなさも加味されている。中には自分たちが虚仮にされているように思う人もいるんじゃないかな」

「挨拶がないくらいで虚仮にされているって。まるでヤクザじゃないですか」

「あはは。ヤクザというのは言い過ぎだ。でも閉鎖的なコミュニティという括りで言えば似たようなものだから、あながち的外れとも言えないね。受け容れられる方法も極めて似ているし」

「どうしたら受け容れられると思いますか」

「簡単だよ。仲間になっちゃえばいいんだ」

「ヤクザになるんですか」

「閉鎖的なコミュニティは絶えず新しいメンバーを必要としている。構成員の一人になれば歓迎されるし迫害もされない。同じ喜びと悩みを共有し、いざ敵が現れたら一致団結してこれを排除する。時には酒を酌み交わし、内輪にしか受けないような馬鹿話で場を盛り上げる」

聞けば聞くほど、父親たちが定期的に集う寄り合いの中身そのものではないか。

「ただし、俺にそんな真似は無理だ」

「今は頭のいいヤクザもいるって聞いたけど」

「ヤクザじゃなくて、この村の人間になることがさ。俺は畑仕事も不慣れだし、下戸だから村の集会で呑むこともできない。そもそもガキの頃から集団行動が苦手で周囲と歩調を合わせるのが辛くて仕方ない。他人の知的レベルに合わせるのも、好きでもない趣味の話を面白がって聞くのも苦痛だ。だから今の会社に就職して長続きしている。ウチの会社、運用実績さえ良ければ何も文句は言わないからね」

我がままだとも思ったが、それで麻宮への憧憬が減じることはない。むしろますます羨ましくなった。

「仲間になろうとしない者は閉鎖的コミュニティにとっては異物でしかない。異物だから弾こうとするのは当然の本能だよ」

「でも麻宮さん。今でも充分悪い噂が立っているのに、放っておいたらどんどん評判が悪くなるような気がします」

「村八分にされるって言うのかい。まだそんな風習が残っているのか」

裕也自身は姫野村で実際に村八分が行われている現場を見たことがない。しかし因習深いこの村なら現在でも十二分に有り得る。現に酔った父親の口からは何度も村八分という単語を耳にしている。

「心配してくれるのは有難いけど、別に村八分にされたところで何も困りはしない。元々近所付き合いもしていないし、独り身だから冠婚葬祭もあまり関係ない。逆に、そっとしておいてくれた方が嬉しい。裕也くんは村八分が怖いかい」

「僕はともかく親が困ると思います。きっと姫野村に骨を埋めるつもりの人たちだから」

「自分は違う、という口ぶりだね」

いずれは姫野村を出ていくつもりです。

誇らしげな言葉だが、麻宮に告げることに躊躇(ちゅうちょ)を覚える。笑われるとは思わないが、時期尚早のような気がするのだ。

「村八分はただ近所付き合いをしない、村の行事には参加させないってことですけど、それよりひどい嫌がらせを受けるかもしれないんですよ」

「へえ。たとえばどんな」

「回覧板が回ってこなくなるとか」

「それは村八分の範囲だろう。村の行事や取り決めに参加するつもりはないから別に構わない」

「麻宮さん、なるべくこの村で長く生活したいと言っていたじゃないですか」

「長く住みたいとは言ったけど、掟や言い伝えに雁字搦(がんじがら)めにされるつもりは毛頭ない」

「じゃあ、村の中ではモノを売ってくれなくなるとか」

「通販で好きなものを好きなだけ買える」

「スポーツカーをパンクさせられるとか」

「それはちょっと困るけど、タイヤ交換すれば済む話だ。闇討ちされて全治何週間とかの怪我をさせられることに比べれば、子どもの悪戯みたいなものだ」

「全治何週間って。そんな暴力沙汰を想定してたんですか」

「同じ姫野村の村民である君には申し訳ないけど、可能性としてはゼロじゃない。無理が通れば道理は引っ込む。もし村八分なんて因習が未だに生きているとしたら、夜道で襲われても何の不思議もない」

　本来なら村民の一人である裕也が怒ってもいい場面だが、大人たちのみっともなさや狭量さを目の当たりにしていると反論の一つも思い浮かばない。

「注意してくださいね」

　そう言うのがやっとだった。

　細めに開けたドアから表を覗き人目がないのを確かめて、そっと外に出る。

「おやすみなさい」

　裕也は小声で挨拶して帰路に就く。まだ敏夫は帰宅していないはずだ。父親より早く帰っていないと、また不愉快な展開になる。

　外は既に薄暮となり、離れていれば人相も分からないだろう。

県道に入ろうとする直前、話し声が聞こえた。咄嗟に裕也は物陰に身を隠す。

「だからよ、俺の勘が外れたことはないんだったら」

「そうかあ。康二の勘や予言を信じて俺はひどい目に遭ったことが何度もある」

先ほど話し込んでいた草川康二と菅井時彦の二人だった。ここでまたすれ違うとは、よくよく自分はついていないとみえる。

「いつのことだよ、それは」

「〈一九九九年の七の月、恐怖の大王が空からやってくる〉。『ノストラダムスの大予言』だったっけ。クラスで一番騒ぎ立てて一番信じていたのはお前だ。そんで七月に入ると無断欠席を続けて岡山の駅前で補導されたのもお前だ。で、結局八月になっても恐怖の大王どころか隕石一つ落ちてきやしなかった。忘れたとは言わさん」

「あのな、時彦。今だから教えてやるけど、あの時、確かに恐怖の大王は降ってきたんだ」

「あの年の七月は俺も空に注意していたけど、降ってきたのは記録的な暴風雨くらいだったぞ」

「いや、ちゃんと恐怖の大王が降ってきたんだって。姫野村にだけは」

「何を言うとる」

「七月に日置の爺さまが死んだのも憶えてるか」

「あったり前じゃ。ウチの二軒隣で、父ちゃんと兄ちゃんが二人してインフルエンザに罹ってたから俺が代理で葬式に出たんだ」

「年寄り連中が噂してた。ありゃあ巌尾利兵衛の祟りじゃ言うてよ。確かに死体が発見される前、鬼哭山から気っ味の悪い叫び声が聞こえた」

「巌尾利兵衛が恐怖の大王かよ」

「地球滅亡とまではいかんかったが、日置の爺さまが犠牲になった。姫野村にとって悲劇だったから予言は半分当たりみたいなもんじゃ」

聞いていて裕也は噴き出しそうになる。麻宮の理屈も強引だがそれなりに理路整然としているので説得力がある。ところが康二の屁理屈はただ論理破綻しているデマと一緒だ。

「へえへえ。で、今度はお前どんな予言をするってんだよ」

「また村に悪いことが起きる」

「根拠は」

「例の余所者が全ての根源だ。あの麻宮ちゅう男が災いを運んでくる」

「どんな災いだ」

「新型コロナかもしれんし、日置の爺さまの時みたいに人死にを招くかもしれん」

俄に心臓が跳ねた。

「まあた突拍子もない」

「じゃあ訊くが、コロナでこんな世になるなんてお前は予想できたのかよ。たかがウイルスのせいで一日中マスクして野良仕事する羽目になるなんて想像できたかよ」

「そりゃそうだけどよ」

これも無茶苦茶な理屈だ。最初の感染者が発見された時点でコロナ禍を予想できた人間なんて、全世界に何人もいないはずではないか。

「災いっていうのは必ず前兆があるんだ。でよ、前兆ってのは大抵珍しいことや特別なことなんだ」

「それが麻宮を指しているってのか」

「この村に移住してきたヤツなんて何年ぶりだよ。俺ァここ二十年ばかし見たことも聞いたこともないぞ。間違いない、麻宮がいると村に災いが降る。それこそ村でクラスターが発生して年寄り連中がバタバタおっ死ぬか、さもなきゃ日置の爺さまみたく誰ぞの死体が鬼哭山に転がるような気がする」

何だ、それは。

もはや屁理屈ですらない、ただの妄想だ。

「康二。それってお前の思い過ごしじゃないのか」

「思い過ごしで済めばいいんだけどよ」

康二の声はどこか得意げだった。

「俺の勘は外れたことがないんだ」

二人の姿と声が遠ざかっていく。

本人に伝えなくてはいけない。

裕也はいったん辞去した麻宮宅に取って返した。

「おや、忘れ物かい」

裕也は後ろ手にドアを閉め、玄関で麻宮と話す。

今しがた耳にしたことを正確に伝える。康二が危険人物という訳ではないが、不穏な空気の種が生まれているのは事実だ。

「一九九九年七の月か。すごいな。ノストラダムスに結び付けるなんて想像の斜め上をいかれた」

「呑気なこと言わないでくださいよ」

「といって切羽詰まってもいられない。村の一部で良からぬ噂が立っているからと当の本人が火消しに回ったところで、それこそ火に油を注ぐようなものだ。こういう時には放っておくのが一番いい」

「でも」

「きっとその康二さんも不安でしょうがないんだろうな。いつ新型コロナに感染するか分からない中、マスク着用で農作業を続けなきゃいけない。暑いし苦しいしで文句を言いたいけど、吐き出す相手がいない。ウイルスや国に文句を言っても仕方ないからね。すると怒りや鬱憤の矛先は、どうしたって身近で目に触れるものになる」

「そんなの、ただの八つ当たりじゃないですか」

「ああ、八つ当たり。まさにその通りだよ。今、世界のあちこち、ネットの世界で日夜繰り広げられている争いや誹謗中傷の原因はほとんどが八つ当たりだと俺は思っている。姫野村も例外じゃない。向こうは理屈もへったくれもなく感情で難癖をつけてくるんだから、こちらが理を説いても無駄だ。反論すればするだけ揚げ足を取られる」

「放っておけば収まるものなんですか」

「収まらずに、その康二という人が何らかの犯罪行為に出たとしたら、こちらも対抗手段を考えないといけないのだけれど、現時点では知らん顔をしていた方が無難だろうね」

麻宮の話はもっともだと思えるが、一方では不安が拭いきれない。姫野村の人間の短絡さは自分がよく知っている。康二のような男は特別ではない。迷信深く、嫉妬深く、新しいもの理解不能なものが大嫌いな村人は他にも大勢いる。

「本当はとことん話す方がいいんだよ。メールとかＳＮＳじゃなく、顔と顔を合わせて相手がどんな顔で何をどう言っているのかを確かめる。たったそれだけで誤解はずいぶんなくなるはずなんだ。ちょうど俺と裕也くんのようにな。世の中の偏見や誤解は相手を理解していないことから生じる」

「それなら康二さんを含めて、村の人間ともっと話せばいいと思うんですけど」

「さっきも言ったじゃないか」

麻宮はやれやれというようにゆるゆると首を振った。

「そういうの好きじゃないんだよ」

4

八月十四日。

通常であれば十三日から十五日までの盆は姫野村も一番の賑わいを見せているはずだった。村外に出た子どもたちが帰省し、三日三晩祭りが開かれる。この日ばかりは農作業も休みとなり、男たちはどれだけ酒を呑み、どれだけ無礼を働いても不問に付される。年がら年中、働きづめの男たちにとって盆の三日間は一年で唯一羽を伸ばせる期間だった。

ところが今年は勝手が違った。言うまでもなく新型コロナウイルス流行の影響だ。各地で緊急事態宣言が発出されると県を跨ぐ移動は控えられ、姫野村に帰省する者は皆無となったのだ。子どもの帰ってこない盆は空しさが募るばかりで、村の年寄り連中ばかりか女たちもひどく寂しがった。

それだけならまだしも、男たちを何より失意させたのは祭りの中止だった。少し考えれば当然なのだが、一つ場所に固まって飲み食いし、酔った勢いで談笑するなど認められるはずもない。まず村議会から中止の打診があり、田山村長のひと言で決定した。実際は村議会が打診した時点で中止は既定路線だったが、村民たちの憤懣を少しでも緩和するために田山村長の威光を借りたというのが真相だろう。

村民たちの苛立ちは家の外に出ただけで分かった。裕也が道端を歩いているとすれ違う男たちの表情が普段よりも険しい。マスク越しで分かるのだから、素顔はもっと狂暴に違いない。

クソッタレ。

何で祭りが中止されなきゃならないんだよ。

みんなコロナでくたばっちまえ。

男たちは酷暑に灼かれながら口々に呪詛を吐き出す。頭を下げて歩くさまは刑場に引き出される囚人を連想させた。

祭りが中止になって落ち込んでいるのは敏夫も同様だった。村を出た家族がいる訳でもないのに朝から不機嫌で、ともすれば緋沙子に当たる。

「何だ、昨夜と同じおかずじゃないか。今日は盆だぞ」

「どこかに外出しないのかって。俺が一日中家にいたら目障りなのか」

「しけた面しやがって。俺だってこんな辛気臭い家で呑みたくないわ」

居づらくなった裕也は自室に引き籠り、気の合うクラスメイトとＬＩＮＥで連絡を取る。確たる目的もなく校外で数人が連なるのは学校側から禁じられている。彼らが集うのに好都合だった祭りも中止となり、全員が鬱憤を溜め込んでいた。

『朝っぱらからオヤジうぜぇ』

『お盆だってのに家で課題。マジ終わってる』

『誰か遊ぼ』

『遊べる場所がねえよ！』

『カネもねえよ！』

『今はつるんでるだけで教育的指導だからな』

『暴れてやる』

『中坊のウックツした怒りをナメるなあああっ』

コロナ禍は中学生が息抜きをする場所まで奪ってしまったが、携帯端末で愚痴を吐き出せる分まだましと言えた。

いや、ましなことはもう一つあった。

八月に入ってから酷暑が続いていたが、この日の暑さが厳しかったのは午前中までで、正午からは一転冷たい風が吹き始めたからだ。太陽も雲に隠れ、八月には有り得ないほど過ごしやすい気温になった。裕也もエアコンを切り、窓から風を入れたくらいだ。

クラスメイトとのやり取りも飽きたので、またこっそりと麻宮の許を訪れてみた。

『入っていいよ』

ドアの鍵は開いていた。居室まで行くと、麻宮はパソコンの画面と睨み合っている最中だった。

「悪い。もうすぐ前場が引けるから待っててくれないか」

言われた裕也は驚いて部屋の隅に畏まる。麻宮が教えてくれたのだが、前場というのは証券市場における午前中の取引のことだ。しかし、まさか盆の期間も市場が開いているとは思わなかった。

十一時半になって取引が終わると、麻宮は軽く安堵の息を吐いた。

「ごめんなさい。仕事中だったなんて」

「構わない。盆でも働いている業界の方が少数派なんだ。今日はどうした」

「あの、家にいても親たちがぎすぎすしてるんで」

「祭りがなくなったからね。行き場をなくした男どもは家の中じゃ不燃物扱いなんだろうな」

「不燃物じゃないけど結構煮えてます。母さんや僕に当たり散らすし」

「家の中で煮える父親か。申し訳ないけど暑苦しい話だな」

「外は涼しくなったんですけどね」

「余計、家の中に閉じ籠ってなきゃいけなくなった」

「え。どうして」

「これを見てごらん」

　麻宮が差し出したのは彼のスマートフォンだ。画面には中国地方の地図の上に何やら記号が集中している。

「雨雲レーダー機能を備えている天気予報アプリだよ。ここをタップするとゲリラ豪雨に特化して予測し、画面に通知を表示することができる」

「ここに来るんですか、ゲリラ豪雨」

「今日の夕方から夜にかけてだね。予報でも大気の状態が不安定だと告げている」

「天気予報は外れることもありますよ」

「ひと昔前ならいざ知らず今の予報システムを侮っちゃいけない。いや、それ以前に地元の人間なら空を見上げれば雨が近づいていることくらいは予想できるのじゃないか」

　十二時半から後場が始まるので、裕也は早々に話を切り上げて麻宮の家から出る。見上げれば北の彼方に巨大な積乱雲が浮かんでいた。

　空模様が急変したのはそれから数時間後だった。

　俄に掻き曇り、空がみるみるうちに暗くなる。風は勢いを増し、遠くから雷鳴が聞こえ始めたのだ。雨雲レーダーが感知した通り、ゲリラ豪雨がこの地方に忍び寄ってきた。

　午後五時。本来であれば盆踊りの始まる時刻になって大粒の雨が落ち始めた。すぐに雨足は強まり、銀色の槍に変わるまでさほど時間を要しなかった。

「裕也。すぐに雨戸閉めて」

緋沙子に命じられて、自室を含む二階の雨戸を閉める。何分にも家屋の古さと相俟って雨戸の建て付けが悪いので、閉めるにもひと苦労だ。

ちらと外を眺める。

雨の勢いは暴力的だ。銀色のカーテンが世界を覆い尽くし、十メートル先が見えない。バケツを引っ繰り返すという表現があるが、これはドラム缶を引っ繰り返したような雨だった。音も凄まじい。雨がアスファルトに叩きつける音が二階にまで届いている。舗装されていない道は飛沫が多過ぎて輪郭が摑めないほどだ。

ざざざあっー。

土砂降りというよりは、土砂崩れの音だと思った。こうして家の中にいるからまだ安穏としていられるが、あの雨の中に立てば恐怖すら覚えるに違いない。

雨戸とガラス窓で二重に閉めていても、雨音は到底遮断できない。雨戸を叩く音で穴が開くのではないかと思う。雨音というよりは騒音、騒音というよりは轟音。この中で眠れる者は砲弾飛び交う戦場でも熟睡できそうだ。

みしり、という音とともに部屋が微かに揺れた。

風だ。

建物を軋ませるほどの暴風が吹き荒れているのだ。

風が雨粒を銃弾に変えて壁と屋根を叩く。築五十年を経過した木造家屋だ。この暴風雨で倒壊しても不思議ではない。

裕也は一階に降りてテレビの気象ニュースを探す。衛星放送は受信状態が極端に悪くなり〈E201〉のエラーコードを表示したままなので、地上波のＮＨＫに切り替える。

『ただいま中国地方は大気の状態が不安定であり、各所に記録的な豪雨をもたらしています。岡山市では一時間当たりの降雨量が既に80㎜を超え、観測史上最大となっています。山間部では土砂崩れも報告されており……』

アナウンサーが原稿を読む背後では岡山市内の情景が映し出されている。傘はすぐに裏返ってしまい役に立たない。何の因果か往来を行き来する通行人は風に飛ばされないように必死だ。

河川も深刻な状況だった。茶色の濁流は橋げたを呑み込み、今や橋板にまで達しようとしている。

『高津川では河川が氾濫し避難勧告が出ています。付近にお住まいの方も準備が整い次第、この段階での避難が強く望まれます』

早くも豪雨被害の顕著な地域はテロップで表示されている。姫野村の名前がまだ見当たらないのは被害がないからなのか、それとも放送局が状況の把握ができていないのか。

いずれにしても姫野村は大きな川がないので氾濫の心配はないが、土砂崩れの危険性がある。たとえば鬼哭山が崩れでもしたら、真下に建つ五棟の民家は土砂に呑み込まれる。ここと同様に古い木造住宅なのでひとたまりもないだろう。

「大丈夫だ」

裕也の後ろからニュースを見ていた敏夫がぼそりと呟いた。

「この程度の雨降りは何度もある。これまで土砂崩れもいくつかあったが大した被害は出なかった。きっと今度も大丈夫だ」

これまで無事だったから今度も大丈夫というのは理屈ではない。ただの希望的観測だ。だがそれを告げたところで敏夫が言葉を取り消すはずもなく、高い確率で言い争いになるのは分かっているので黙っていた。

「もう二階に行け。起きていたって面白いことは一つもない。勉強するか、さもなきゃさっさと寝ちまえ」

母親の姿を捜すと、非常食でも作っているのか台所から離れようとしない。父親と一緒にいても気まずいだけなので、裕也は渋々腰を上げる。

「まかり間違って床上浸水しても、二階にいる限り大丈夫なんだからな」

床上浸水と聞いて咄嗟にその光景を思い浮かべた。一階部分が水に浸かり、居間も台所もまるで使い物にならなくなる。敏夫と緋沙子は途方に暮れるだろうが、裕也自身は家にあまり愛着がないのでどうにでもなれと思う。いっそ一軒丸ごと建て替えてしまえば、少しは住むのが楽しくなるのに。

自分の部屋に戻ってスマートフォンを弄る。ＬＩＮＥ仲間と話そうとしたが、ケーブルの障害なのか電波が全く繋がらない。

いよいよすることがなくなった。こんなに騒がしい夜に教科書を開く気にもなれず、不貞腐れたままベッドに入った。

その時だった。

家の外、遠くの方から異様な音声が裕也の耳を襲った。

おろろろろおお。

おろろろろおお。

はっとして飛び起きた。

何だ、あの声は。

怪物が泣いているような、怒っているような声。

それが巌尾利兵衛の絶叫と気づくまでに少し時間を要した。まさか今夜聞くことになるとは。

『鬼が哭く夜は死人が出る』

忌まわしい呪いの言葉が脳裏を掠める。では今夜、新たな死体が転がるというのか。

我ながら情けないことに全身が震え出した。頭から布団を被っても不吉な妄想が消えない。

そのまま裕也はまんじりともせず一夜を過ごした。

翌朝目覚めると、昨夜の暴風雨が嘘のように収まっていた。雨音もしなければ風で建物が軋むこともない。雨戸を開けてみると雲の間から薄陽が射している。

ただしゲリラ豪雨の爪痕はしっかり残っていた。冠水したらしく道路のあちこちに大きな水溜まりが残っている。どこからか飛ばされてきたトタンや木の枝が惨めに転がっている。裕也の家の周りだけでもこの有様だ。村全体ではもっと被害が出ているに違いなかった。

「念のためにおにぎり作っておいたんだけど、無駄になってよかった」

大事にならずに済んだことに安堵してか、緋沙子は上機嫌だった。敏夫の姿が見えないので尋ねると、被害状況を確認するために外出したのだという。

「ほら。裕也も聞いたでしょ、利兵衛さんの声。あれでお父さん、不安がって」

この時ばかりは父親の不安に同調せざるを得ない。歳をどれだけ重ねても、あの不気味極まりない声を聞いて不安を掻き立てられない者はいないだろう。

「ひょっとして誰かいなくなったりしてない」

「それを確かめるために出たんじゃない。さ、早く食べて」

緋沙子と差し向かいで握り飯をぱくつく。正体不明の緊張感で味が分からなかった。

テレビのニュースではゲリラ豪雨の被害状況を伝えていた。未確認ながら土砂崩れに呑まれた家屋が少なからずあるらしい。特に深刻なのはやはり河川の氾濫で、一級河川の流れる地域では床上浸水が数多く報告されている。店舗の商品は軒並みゴミと化していた。

時を経ずして姫野村の被害状況も明らかになってきた。床上浸水六棟、床下浸水十二棟。被害は田畑にも及び、こちらはまだ正確な被害金額の見当すらつかない。

だが特筆すべきは人的被害だろう。

裕也に昔話をしてくれた草川老人の死体が発見されたのだ。

草川老人は鬼哭山の中腹で死んでいた。

三　鬼の末裔

1

草川泰助老人の死体を発見したのは地元消防団員の一人だった。昨夜からウチの年寄りが出掛けたまま帰らない——一報を受けた消防団が早朝から手分けをして捜した挙句の結末だ。

知らせを受けて現場に駆けつけた草川家の面々は一様に嘆き、肩を落とした。中でも派手に号泣したのが次男の康二で、亡骸に縋って散々泣き喚いたものだった。

草川老人が嵐の夜に家を出たのは例に洩れず、ビニールハウスの状態を確認するためだった。家人が危険だからと制止するのを振り切って外出したのだという。伏水良策の死体を発見した草川老人が同じ状況で死に至ったのは皮肉としか言いようがない。

鬼哭山での不審死が続いていることもあり所轄署は簡単に事故で済ませるような真似をしなかった。強行犯係の捜査員と鑑識係を臨場させたのだ。本来、この段階で殺人の可能性が疑われれば県警の庶務担当管理官が事件性の有無を判断する。そして事件性ありとなれば県警捜査一課の出動と相成る。

だが強行犯係による初動捜査は捗々しくない。死んでいた草川老人は村では長老格の一人であり、それなりに尊敬されていた。表だって彼を恨む者もおらず、老人名義の遺産と呼べるものも多くなかったので、怨恨や財産狙いの犯罪とは考え難かった。

また鑑識係にとって現場は最悪の環境となっていた。昨夜の暴風雨によって草川老人の足跡はもちろん、仮に殺人なら近くにいたであろう犯人の下足痕まで洗い流されていたのだ。消滅していたのは下足痕だけではない。不明毛髪や体液といった犯人特定に結びつく証拠物件が洗いざらい流されていた。

「こんなに絶望的な現場はそうそうありません」

作業にあたった鑑識係の一人はそう言って慨嘆したという。日本警察の科学捜査は世界でもトップクラスであり、最近では他人の皮膚からでも指紋を検出できるほど技術が向上している。だがいくらスキルが上がったとしても採取するものがなければ意味はない。

鑑識作業の進捗状況が捗々しくない中、警察は遺体を司法解剖に回した。解剖結果次第ではいよいよ事件として捜査する運びとなる。

ところが医大の法医学教室からもたらされた解剖報告書は警察の期待から外れるものだった。草川老人の直接の死因は窒息死。だが首を絞められた形跡はなく、肺や血液から有毒物質も検出されなかった。外傷も全く認められない。

既往症を確認したところ、草川老人は数年前より肺気腫を患っていたことが判明した。肺気腫は本来の肺構造が破壊されて空気が溜まって気腫を生成し、上手く息を吐けなくなってしまう病気だ。原因の多くは喫煙であり、タバコに含まれる成分が肺組織を破壊することによって発症する。草川老人は自他ともに認めるヘビースモーカーで、数年前に緊急入院した際に肺気腫が見つかって以来、医師から禁煙を厳命されていたが、遺族の話によれば度々隠れて吸っていたらしい。解剖医の所見は肺気腫の進行により突発的に窒息した可能性が大きいとの内容だった。

連続不審死を疑っていた警察も物証がなければ立件できない。所轄署は事件性を見いだせないまま捜査を終了するよりなかった。

以上の話は遺族が警察から無理に訊き出して吹聴した内容を、緋沙子が傍聞きしたものだ。換言すれば遺族は草川老人の死が単なる事故だとは考えていないことになる。

「とにかくね、次男の康二さんがそれはもうえらい剣幕で刑事さんたちに突っかかっているのよ」

その場面に遭遇した訳でもないのに、緋沙子はまるで見てきたかのように話す。

「隠れてタバコを吸っていたのは家族の誰もが知っている。止めなかったのは親父が本当にタバコ好きで、最近は肺も小康状態を保っていたからだ。それなのに鬼哭山に登った途端に発症するなんて偶然じゃ片付けられない。康二さん、草川のおじいちゃんには特別に可愛がられていたから、そりゃあもうえらい勢いでねえ」

母親の話を聞いていると、裕也はその光景が目に浮かぶようだった。康二は今年五十歳になるいい大人だが未だに幼児性が抜けきらずにいる。元来の性格もあるが、草川老人が猫可愛がりしたのが原因と指摘する村人は少なくない。

「言わなきゃいいと思うんだけど、お巡りさん相手に巌尾利兵衛さんの祟り話をしたみたいなのよ」

緋沙子の声には困惑と揶揄が同居している。祟りや迷信は姫野村内だけで通用する方言のようなものであり、それを余所の人間に話すのは恥だと思っているらしい。裕也も同じだ。村が迷信深く排他的であるのを自覚しているから、外部に洩らしてもいい話題とそうでない話題を分別している。

言わば暗黙のうちの不文律を冒した康二は、村にとっていい恥さらしと言える。緋沙子が困惑しているのは、まさにその部分だった。

「康二さんの気持ちも分からなくはないけど警察に祟りの話をしてもねえ。警察は警察で科学捜査とかしているのに」

何言ってるんだ。自分だって鬼哭山で人死にが続いていることに怯えているくせに。

裕也は心中で母親を罵る。緋沙子が康二を揶揄するのは同族嫌悪に近い。裕也自身がそうだから尚更理解できる。

きっと村の人間は皆同じなのだろう。いくら辺鄙な場所に住んでいるとしても、令和の時代にオカルトめいた出来事が現実に起こるとは考えていない。だが考えることと感じることは別物だ。閉鎖的な空間と排他的な風習が感覚を歪ませている。奇妙な話だが、この村では怨霊とスマートフォンが同居しているのだ。

裕也はまたも居心地悪さを覚える。古くからの因習と中途半端な新製品の矛盾が原因なのも分かっている。

改めて村が嫌になる。今はまだ辛うじて進学や就職という脱出の選択肢があるが、時が経つにつれて消滅していく。

「警察がまともに取り合わないのは当然だが、あの康二がそれでおとなしく引き下がるかな」

それまで黙っていた敏夫が徐に口を開いた。

「ありゃあ村の中でも信心深い上に執念深い男だからな。自分の言い分が通らないとなると余計ムキになるぞ」

「でもさ、康二さん一人がムキになってどうなるものでもないでしょ。それで犯人が名乗り出る訳じゃなし、利兵衛さんが現実に現れる訳じゃなし」

「ああいう性格の男は一人じゃ何もできないとなると他人を煽動する。碌なモンじゃない」

敏夫は吐き捨てるように言う。己一人では何もできないので他人を巻き込むのは裕也も嫌いだが、敏夫の意見に同意するのも気に食わなかった。


草川老人の亡骸は司法解剖が終わると草川家に戻された。

姫野村での葬儀は、よほど家が狭くない限り自宅で執り行うのが普通だった。座敷の襖を取り除くと参列者を収容できるほどの大広間に早変わりする。

天木家からは敏夫が参列した。以下は敏夫が見聞きしたものを緋沙子と裕也に語った内容だ。

棺に納められた草川老人の亡骸はドライアイスで冷却されていたが、猛暑が続く中では長時間の安置に不安がある。加えてエンバーミング（遺体衛生保全）が不充分だったためか、棺の窓を開くと中からうっすら腐敗臭が漂った。

読経が流れている最中も、康二は身も世もなく泣き喚いていたらしい。長男の康一が宥めても叱っても泣き止む気配がなかった。参列者一人一人が故人に別れを告げる際には、いよいよ臭いがきつくなり、葬儀は予定を前倒しで進めなければならなかった。霊柩車で棺が運ばれていく際、康二は目を真っ赤に泣き腫らしていたという。

隣町の火葬場で荼毘に付された草川老人が骨壺に入って帰ってくると、遺族と参列者の一部は鬼哭山の麓にある墓場へと向かった。草川家代々の墓に遺骨を納めれば葬儀の一切が終了する。

ところが墓場に向かう途中で不測の事態が生じた。一行とすれ違うかたちで麻宮が向こう側から歩いてきたのだ。

元より草川家にとって麻宮は赤の他人であり、麻宮もまた自分が部外者であるのを認識している。双方には何のわだかまりもなければ愛憎もない。

だが康二は違った。前方に麻宮の姿を認めるや否や、彼に向かって突進したのだ。

「麻宮あっ」

葬送の列に加わる者は誰もが呆気に取られ、すぐには身体が動かなかった。

「お前が、お前がじっちゃんを殺したんだ」

康二は叫びながら麻宮に飛び掛かる。急襲を受けた麻宮は堪らずその場に押し倒された。

「お前が東京から悪い気を持ち運んだ。それで利兵衛さんが怒ったんや」

傍(はた)で聞けば錯乱したような物言いだったが、康二の剣幕に気圧(けお)されたのか麻宮は何も言い返せず、ただ振り下ろされる拳を避けるのが精一杯のようだった。

「お前が来てから村がおかしくなった。お前さえいなけりゃ。お前さえいなけりゃ」

我に返った遺族の何人かが止めに入り、ようやく康二は麻宮から引き剝がされた。

「出ていけ。今すぐ、この村から出ていけえっ」

遺族たちに羽交い締めにされながらも康二は暴れ続けた。麻宮から血を流させなければ死んでも死にきれないといった様子だった。

「弟がとんだ無礼をした」

喪主である康一は慌てて駆け寄ったが、麻宮の方は大して気にしていないようだった。

「好きだった親父が死んだもので、えらく気が立っている。勘弁してやってくれ」

「身内が亡くなって動揺しているのは分かりますが、どうしてその矛先がわたしのような部外者に向くのか、よく分かりませんね」

後から話を聞いた裕也はこの時の対応を麻宮らしいと思ったが、草川家の面々は心中穏やかではなかったらしい。

「余所者だからという理由だけで、何でもかんでもわたしの責任にされては堪ったものじゃない」

麻宮の抗議は至極真っ当であり、康二の家族は低頭するより他にない。しかし正論で責める方は気分がよくても、責められる側は反論ができないだけに遺恨が残る。結局、このトラブルは麻宮が草川家の人間に悪印象を植え付けただけに終わった。

「そりゃあ、いきなり殴り掛かった康二に非がある」

墓場から戻ってきた敏夫は終始不機嫌だった。

「しかし康二の気持ちも分からん訳じゃない。あの余所者の澄ました顔を見ていると、何だか知らないが苛ついてくる」

康二も理不尽な人間だが、敏夫も五十歩百歩だと思った。

通りに人がいないのを見計らって、裕也は麻宮を訪ねた。

「聞きましたよ。墓場に向かう途中の康二さんに襲われたんですよね」

「耳が早いな。村人全員がＬＩＮＥで繋がっているのか」

　麻宮は眉間に皺を寄せた。

「ウチの親が見ていましたからね」

「じゃあ詳しい経緯も知っているだろ。とにかくいきなりだったよ」

「でも殴られずに済んだじゃないですか」

「相手が感情的だったから助かった。ただ、他の人が制止してくれるのが何とも遅かった」

「康二さんの剣幕に押されて、みんなすぐには動けなかったそうです」

「それは裕也くんの親父さんくらいだろう。草川家の関係者は別の思惑があったかもしれない」

　麻宮は皮肉めいた笑いを浮かべる。

「彼が言っていた。『お前が東京から悪い気を持ち運んだ』。まるでコロナウイルスを運んできたような言い方だが、案外村人たちの総意なのかもな。俺を見る目は疫病神か病原菌を見るそれだ」

「村の人間は迷信深いし、無学だし」

　村の人間を謗る時、裕也は優越感と劣等感の両方を抱く。姫野村の欠点を暴き立てるのは快感だが、すぐにその侮蔑は自分に返ってくる。

「こんな狭い場所に閉じ籠っているから視野が狭くなるし、知った顔としか会わないから人を見る目がなくなる。知識も偏るし、自分の常識外れにも気づかなくなるんです」

「村全体が引き籠りみたいなものか」

麻宮は皮肉めいた笑いを崩さない。

「しかしただの引き籠りならともかく、相手は複数だし腕力もある。今日は草川家の次男坊一人だったからまだよかったものの、あれが村人全員からの暴力だったら、俺は嬲り殺しにされていた」

「まさか」

「知識が偏って社会的常識にも疎くなった人間が最初にする行為は、部外者の排斥だ。自分たちのしている行為が正義だと思い込んでいるから、何をしても正当化できると信じている。人間っていうのは、それほど馬鹿じゃないけれど、それほど賢くもない。知っているかい。KKKやナチスの構成員は決して低能揃いでも最下層の人間でもなかった。ごく普通の市民生活を送っていた信心深い人たちだった。人間というのはね、あっと言う間にテロリストや殺戮者に変貌するのさ」

「姫野村の人間がナチスみたいにひどいことをするという意味ですか」

「姫野村に限ったことじゃないけどね」

麻宮は懐からスマートフォンを取り出して画面をタップする。

「ああ、そうだ。君は草川家と巌尾利兵衛の因縁を知っているかい」

「因縁なんてあったんですか」

「知っての通り草川家は鬼哭山の中腹でマスカットの栽培を手掛けているけど、元々あの土地は巌尾利兵衛のものだった。法務局の土地登記簿で確認してきた。これは先に死体で発見された伏水良策も同じで、伏水家のビニールハウスが建てられた場所も元は巌尾家の所有地だ。伏水家も草川家もそれなりに苦労はしたんだろうけど、マスカットのハウス栽培を何とか軌道に乗せていた。しかし巌尾利兵衛にしてみたら憤懣遣る方ないだろうな。自分から奪い取った土地で成功したんだから」

「まさか麻宮さんまで巌尾利兵衛の祟りだとか言うつもりですか」

「不思議なものだ。今は令和で、この部屋にはネット回線も引いているし、スマホで世界中の情報にアクセスできる。ところが家を一歩外に出ると、そこかしこで因縁やら怨念やらに出くわす。二十世紀と二十一世紀を行ったり来たりしているような錯覚に襲われる。きっと時代には関係なく、特定の条件下では人間はいくらでも愚かになれるんだろうな」

　麻宮の弁は救いのないもので、ひどく気が滅入った。裕也はまだ若いせいもあり、自分にも他人にも希望を抱いている。人間は優しく、賢くなれる生き物だと期待している。

　だが、ほんの数日後、裕也は麻宮の言葉が正鵠を射ていることを痛感させられた。

　野良作業の手伝いに向かう道すがら、康二と時彦の二人連れに遭遇した。

　裕也に後ろ暗いところはなかったが、また物陰に身を潜める。この二人に近づくと碌な目に遭わないような気がする。

　康二は喋るのに邪魔なのかマスクを耳からぶら下げたままで熱弁を振るっていた。熱心が過ぎて裕也の存在にも気がつかない様子だ。

「だからよ、絶対に麻宮がじっちゃんを殺したに決まってるんだ」

「どうやって殺したんだよ。大学の法医学教室でも死体に異常はないって結論を下したんだろ。首を絞めれば痕が残るし、毒を盛れば解剖で検出されるはずだ」

「痕を残さないからあくどいんだって。本当にあくどいヤツは証拠なんて残さねえよ」

「でもよ、あの余所者に康二のじっちゃんを殺す理由があるのかよ」

「理由なんて必要ない。必要がないのに殺すからあくどいんだ」

康二の理屈が破綻しているのは裕也にも分かった。だが、康二が必死の面持ちで熱弁を振るっているのを見ると、笑い飛ばすことができなくなる。

「あいつが来てから村は不幸続きだ」

「しかしよ。お前のじっちゃんはともかく伏水の爺さんが死んだのは去年だぞ。その頃、あいつはまだ村にいなかっただろ」

「引っ越していなかっただけで、どこかに潜んでいたかもしれないじゃないか。人の少ないところだから隠れる場所なんていくらだってある」

もはや道理もへったくれもない。麻宮を犯人にしたいばかりに無理な理屈をこね回しているだけだ。

「知ってるか、役場の久本。最近、見かけないだろ」

「そう言やそうだな」

「役場の連れから聞いた。コロナ陽性だったんだってよ」

「まさか」

「そのまさか」

「役場じゃＰＣＲ検査を徹底していて、今まで一人も陽性者出してなかったんだぞ」

「それが出ちまったのさ。考えてみろよ。ここ一カ月の間で久本が接触した余所者はどこの誰さ」

「麻宮だ」

「あいつが外からコロナを持ち運んできた。それだけでも村には大災難だ」

「そんな話、村の広報でも出てなかったぞ」

「だから機密事項なんだって。こんな狭い村で陽性者が出たなんて公表してみろ。たちまちパニックになる。だから役場も隠しているんだ」

初耳だが、これもよく考えれば妙な話だ。仮に役場の職員の中から陽性反応者が出たのなら、本人を隔離した上で徹底的な消毒を行うか、庁舎自体を立入禁止にするはずではないか。だが、そんな話は終ぞ聞いたことがない。

「コロナと祟り。このまま放っておいたら姫野村は今に壊滅しちまう。その前に麻宮を追い出そうじゃないか」

「どうやって。あの土地は麻宮が正当な売買で手に入れたものだろ」

「土地を奪う必要ないよ。要はこの村にいられなくすりゃいいんだ。ほれ、居づらくする方法なんていくらだってあるだろ」

二人の間に一瞬の沈黙が落ちる。不気味な沈黙。声に出さずとも、おぞましい行為が容易に想像できる。

「嫌がらせに屈しなかったらどうするつもりだ。お前の兄貴に取った態度一つみても、ちょっとやそっとで尻尾巻いて逃げ出すようなタマじゃなさそうだぞ」

「そん時ゃ実力行使で」

二人が立ち去った後、裕也はようやく物陰から這い出た。

今のは間違いなく麻宮を襲う算段だ。すぐに麻宮に警告するべきだろう。

それにしてもと思う。

何から何まで麻宮の指摘は正しい。

『知識が偏って社会的常識にも疎くなった人間が最初にする行為は、部外者の排斥だ。自分たちのしている行為が正義だと思い込んでいるから、何をしても正当化できると信じている』

麻宮の語っていた内容は少し大袈裟ではないかと思っていたが、実際は現実を見事に言い当てていた。康二も時彦もその場の空気や一時の感情で容易にＫＫＫやナチスに変貌する。農具が凶器に変わるのもあっと言う間だ。

裕也は往来に人の絶えた時間を見計らって麻宮に会おうと決めた。

だが、その時点で裕也は見誤っていた。麻宮の排斥を狙う者は康二と時彦くらいだと考えていたのだが、康二は存外に周到な男で追随者を作り始めたのだ。

洩れ聞こえてくる噂では、康二は村人を捕まえては時彦に持ち掛けたような話を繰り返しているらしい。

『ああいう性格の男は一人じゃ何もできないとなると他人を煽動する。碌なモンじゃない』

不意に敏夫の言葉が甦る。あまり尊敬できない父親だが、こと康二を見る目は正確だったらしい。

「ご忠告ありがとう」

話を聞いた麻宮は、しかし泰然自若としたものだった。

「慌てないんですね」

「遅かれ早かれこうなることは予想していたからね」

「村の中でコロナに感染する者が出ることもですか」

「その話はデマっぽいな。野暮用で役場には何度か足を運んでいるけど、感染者が出たり、その対処に追われたりという風には見えなかった」

「でも、噂を信じている人もいますよ」

「姫野村に限らないけど、不安に駆られるととんでもないデマや陰謀論に踊らされる人間は一定数いる。平時には考えもしないような珍事が起こるし、考えられないような愚か者が出る」

「人間って、そんなに馬鹿なんですか」

「コロナの感染者が増え始めた頃、色々な流言飛語が飛び交ったのを憶えているかい。二十七度のお湯、紅茶、納豆、花崗岩(かこうがん)などでコロナウイルスが死滅するとか、携帯電話の5G技術がコロナウイルスを活性化させるとか、今思い出しても馬鹿馬鹿しい限りだ。トイレットペーパーの多くは中国で製造・輸出しているからコロナウイルスの影響で品切れになるというデマを鵜呑みにして、両手で抱えきれないほどトイレットペーパーを買い占めたヤツもいただろ。もう一度言うけどさ、特定の条件下では人間はいくらでも愚かになれるんだよ」

麻宮は疲れたように言った。

2

麻宮は康二の動きを軽んじていたようだが、裕也の方は気が気ではなかった。麻宮は村の濃密な人間関係を知らないのだ。狭い村にはまるでプライバシーというものがない。どこかの家が昼前に痴話喧嘩をすれば、夕方にはその子細な内容までが村中の知るところとなる。別の言い方をすれば、康二が麻宮の胡散臭さや危うさを喧伝するには一日も要しないということだ。

「麻宮恭一は疫病神だ」

「村にコロナウイルスを持ち込んだのはあいつに違いない」

「考えてもみろ。麻宮が村に来てから碌なことがない」

「最初は転地療養という触れ込みだったはずだ。それが見てみろ。今は村のそこら中をうろつき回っているぞ。おかしいとは思わないか」

「ああしてうろついているのは、各家庭を回って次の犠牲者を物色するためだ。そうに決まっている」

「俺の言うことが信じられないって。じゃあ、麻宮は信じられるのかよ」

「祟りっていうのは本当にあるんだ。今まで鬼哭山で何人死んでいると思ってるんだ」

「大体な、あの男が進んで姫野村の人間に溶け込もうとしているのか。これからずっと村で暮らそうってヤツがだぞ。どう考えたって変だろう」

「利兵衛さんの祟りが信じられなくてもコロナウイルスで人が死ぬのは信じられるよな。実際に死者が出ているんだから。今、役場の久本が発症しているらしい。感染源は麻宮だ。村に入る前にPCR検査をしたって言うが分かるもんか。いいか、あいつを野放しにしておいたら、村からますます感染者が出るんだぞ。それでもいいのか」

康二が狡猾だったのは祟りというオカルトめいた話に新型コロナウイルスという現実的な恐怖を付加した点だ。どちらも目には見えない脅威だが、実際に死者や重篤患者が出ていれば一笑に付す訳にもいかない。元来、巌尾利兵衛の祟りと麻宮の間に直接の関連は見いだせないが、新型コロナウイルス感染という観点であれば当事者として扱える。排斥する理由としては充分だ。

何も村民全員が時代錯誤の人間ではない。世界情勢や社会問題に一家言を持つ常識人も存在する。だがウイルスの感染は科学的な事象であり、迷信嫌いの人間でも頭から否定できない。麻宮が陽性者と聞けば、どうしても警戒心が湧き起こる。

こうして麻宮に対する村人の心証が日毎に黒くなっていくのを、裕也は歯噛みしながら見ているしかなかった。康二の振り撒いている言説がデマであると知っていても、中学生の自分が何をどう反論しても聞く耳を持ってもらえない。

その日は早くから敏夫が野良仕事に出ており、朝は緋沙子と二人きりだった。

飯を盛った茶碗を差し出す際、緋沙子はありありと文句を言いたげな顔をしていた。

「裕也。お母さんに謝ること、あるでしょ」

母親の小言が始まる合図だ。

「ないよ」

「麻宮さんの家に行くなって言ったよね」

「行ってないよ」

「嘘」

緋沙子はまるで反論を許さない。

「お父さんはともかく、お母さんの目は誤魔化せないからね。あまり人が通らない時間帯を狙って家から出ているでしょ」

「外に出るだけで文句言われるんかよ」

「麻宮さん家以外、あんたがどこに行くっていうのよ」

緋沙子はぐいと顔を近づけてくる。

「あの人がコロナ陽性者なのは、村のみんなが知っている。その家に出入りしているあんたがご近所からどう思われるか、少しは考えてごらん」

「別に陽性者だって決まった訳じゃない。コロナの症状なんて出てないし」

「やっぱり行ってるんじゃないの」

「引っ掛けかよ」

「変な噂が立ったら、裕也だけじゃなくお父さんお母さんまで迷惑するのよ。ホントにやめてちょうだい」

「あのさ、前にも聞いたけど噂が立つこと自体が悪いっていうのが変なんだよ。どんな噂が立っても、自分たちで納得できりゃあもうそれでいいじゃん」

「世間ていうのは、そんな簡単な理屈じゃないの」

緋沙子は突き刺すような視線を向けてきた。

この目だ。

息子の考えなど意に介せず、親に従わせていれば間違いないという目だ。

「もう、二度と麻宮さんとは会わないこと。もし約束を破ったら一日中お母さんの監視つきだからね」

「約束っていうのは双方の了解があって成立するものだろ。こんなの約束でも何でもない」

「その一人前の口の利き方は麻宮さんから教わったの」

麻宮の名前を口にする度、緋沙子の目は攻撃的になるようだった。

「じゃあこれは約束じゃなくて命令。まだ親の脛（すね）を齧（かじ）っているんだから言うことを聞きなさい」

これ以上話し合っても無駄なので、裕也は黙って箸を動かし始めた。

改めて己の不甲斐なさを思い知らされる。いくら村の閉鎖性を嘆こうと、いくら麻宮の潔白を叫ぼうと、この村の中で自分には発言権がないからだ。幼い者は考えも幼く、経験を持たない者の理屈は空論に過ぎないという「常識」が裕也の口を封殺している。

くだらない。

本当にくだらない。

会うなと厳命された直後なので、このまま麻宮宅を訪れるのはさすがに気が引ける。万が一見つかれば、さっきより激しく叱責されるのは目に見えている。だが敏夫に命じられた野良作業までにはまだ時間がある。

ふと思いついた。

これまで麻宮が辿った跡を追ってみるのはどうだろう。これまでも、彼は地元の人間である裕也も知らなかった村の歴史を説明してみせた。むろん郷土誌を読んで得た知識なのだろうが、やはり余所から来た人間に教えられるのは恥ずかしい部分がある。

せめて麻宮と対等に話せる程度には姫野村の歴史を知っておきたい——担任が聞けば手を叩いて喜びそうな動機で、裕也は懐かしの分校を訪れることを決めた。

玄関で靴を履いていると、早速緋沙子が駆けつけてきた。

「さっき麻宮さんの家には行くなって、あれほど」

「分校に行くんだよ」

言い返した時は少し爽快だった。

「夏休みの課題がまだだから、分校の図書館に行ってくる。疑うのならついてきても構わないよ」

緋沙子は出鼻を挫かれた様子で不満げに奥へと引き返していく。

表に出ると、最初に目につくのが道路を隔てた向こうにある麻宮宅だ。つい観察してしまうのは、不埒な人間が麻宮宅やスポーツカーに悪さをしないかと気になるからだ。

いた。

道路から麻宮宅を遠巻きに眺めている男たちだった。その中には康二と時彦の姿も見える。

「今日はまだ外に出ていないみたいだな」

「相変わらず胡散臭いよな」

「株屋という触れ込みだけどよ。家の中に閉じ籠って、こそこそ何をやっているか分かったもんじゃねえ」

「これ見よがしにスポーツカーなんか乗りやがって」

「ガレージを作らなかったのは見せびらかすつもりなんだな」

「村道には信号もないから、ぶっ飛ばせるしな」

ひょっとしたら家やクルマに向かって石でも投げるのかと思ったが、人目のある往来でさすがにそうした暴挙に出ることはなかった。ただし裕也が通り過ぎる際、じろりとこちらを睨むのを忘れなかった。

彼らに近づくと、ひしひしと悪意を感じる。麻宮を胡散臭く思うのは従来のままだが、今は明確に剣呑(けんのん)さが加わっている。皮膚がひりひりとし、心が妙にざわつく。暴動の前の不穏さというのは、ちょうどこんな雰囲気なのではないか。

暴動だと。

不意に浮かんだ二文字を慌てて打ち消す。

康二も時彦もその場の空気や一時の感情で容易にＫＫＫやナチスに変貌する。それだけ彼らは短絡的に見える。

しかし実際に暴動が起きるかどうかは別問題だ。いくら二人が暴走したとしてもそれぞれの家族や社会的常識といった抑止力が働くから、未然に終わる可能性が高い。

大丈夫だ。

大丈夫だ。

自分を安心させるように、裕也は何度も胸の裡で唱え続ける。

いや。

本当に大丈夫なのか。

二〇二〇年になっても暴動やマイノリティを排斥しようとするデモは世界中に起きている。裕也がネットニュースで見聞きしただけでもロサンゼルス、パリ郊外、チリ、ミネアポリスといった都市がその舞台となった。そんな大都会で発生している暴動が姫野村のような狭いコミュニティで起きない保証がどこにあるというのか。

ともすれば最悪の想定をしてしまう不安を押し殺しながら、裕也は小走りで分校へと向かった。

元より児童の少ない分校は、夏休み中の今は眠ったように閑散としている。玄関の下駄箱を眺めても上履きが並んでいるだけだ。

つい二年前に卒業したばかりだというのに、見慣れたはずの光景がやけに空々しい。どうして、こんなにも時間の経つのが早く感じられるのだろう。

職員室には琴平校長ひとりだけの姿があった。

「あら、天木くん」

裕也に気づいた顔はまるで実の孫を迎える祖母のようだ。

「最近よく会うわね。でも今日は校舎の中に何の用なの」

「すみません。夏休みの課題で資料を探しています」

すると琴平校長は大袈裟に目を丸くしてみせた。

「まあ」

「そんなに驚かなくても」

「これが驚かずにいられますか。あの天木くんがそんなに勉強熱心になるなんて。こういうのを驚天動地って言うのよ。いったい進学してから何が起こったのかしらね」

「ひどい言われようだなあ」

「それだけ嬉しいのよ。でも生憎、中学生対象の課題図書はあまり置いていないのだけれど」

「課題といっても読書感想文の方じゃなくて自主研究みたいなもので」

「ますます驚き」

もう琴平校長は手を叩かんばかりだった。

「それで、どんな資料が必要なの」

「郷土誌。この村の」

輝いていた琴平校長の表情が不意に翳(かげ)った。

「天木くん。それは本当に自主研究なの」

「そうですよ」

裕也は事前に練り上げていたシナリオを喋り始める。

「姫野村に生まれ育ったけど、村の成り立ちや歴史なんて全然知りません。でも自分の住んでいる場所なら知っていて当然でしょ。だけど親たちから断片的に聞く話はどこまで正確か分かりません。だったら郷土誌にあたるのが一番かと思って」

「確かに郷土誌というのは地元研究に関しての正攻法なんだけど」

裕也の弁舌を聞いても琴平校長は疑わしそうな様子だった。

「天木くん、麻宮さん家の近くだったよね」

「ええ」

「麻宮さんが姫野村の郷土誌を閲覧したことは話したよね。ひょっとして、それが関係しているの」

「いいえ、全然です」

担任も兼任していた琴平校長は裕也の性格を知悉している。彼女を相手に生半可な演技や誤魔化しは利かない。だから一世一代の芝居をし、自分自身も騙せるような虚言を吐くしかない。

「ただの偶然ですよ。実は両親から進路をどうするか迫られているんです」

「もうなの」

「農家の長男ですからね。外に出て働くのも、地元に残って家業を継ぐのも、まずは村のことを知らなきゃ話にならないじゃないですか」

一気にまくし立ててから身を乗り出してみせる。

「お願いします。僕の一生がかかっているんです」

よくもいけしゃあしゃあと言えるものだと我ながら呆れる。だが琴平校長にはそれなりに効果があったらしく、彼女は途端に疑いの色を引っ込めた。

「ごめんなさい。そこまで深刻な事態だとは思わなかったものだから。実は麻宮さんには今、変な噂が立っているものだから」

裕也は驚くとともに怖くなった。

琴平校長はあくまでも村外の人間だ。その琴平校長までが聞き及んでいるのなら、康二たちの活動ぶりには目覚ましいものがある。

「いったい、どんな噂ですか」

「噂の中身をあなたに教えるつもりはないの」

琴平校長は毅然として言う。

「中身を伝えた瞬間、噂を媒介する手助けになってしまうから。校長だから言う訳じゃないけど、噂を広めるような真似はしたくない」

この先生に教わって幸運だと思った。

「郷土誌を閲覧するには閉架書庫を開けなきゃいけない。ついてきて」

琴平校長について図書館へと向かう。これまた見慣れたはずの廊下が、今は裕也の訪問を拒んでいるような白々しさを漂わせている。

「在校中はあまり図書館に来なかったわね」

「何か、すいません。無理言っちゃって」

「いいのよ。学び舎は常に開放されているべきもの」

図書館に入ると古紙と埃の臭いが鼻腔を突いた。

「閉架書庫なんて、わたしも一年に一度開けるかどうか。それを今年は二度も開く羽目になるなんてね」

琴平校長は奥まで進み、〈9類　文学〉の棚の隣にある小さな扉に近づく。高さが裕也の背丈ほどしかない。

「学校創立当時に作られた書庫だから造りも小さいのよ」

琴平校長が持参した鍵で開錠する。途端に異臭が洩れてきた。図書館の埃っぽさに洞窟の湿気を加えたような臭いだ。

「ちょっと待っていて」

「本くらい自分で探しますよ」

「この間も閲覧後に片付けたから収納場所を憶えている。背表紙の字は読みにくいし、あなたが探したら一時間以上かかっちゃうわ。それでもいいのかしら」

「……お願いします」

小柄な琴平校長は屈みもせずに書庫の中に潜り込む。しばらく待っていると、一冊の本を小脇に抱えて出てきた。

「姫野村の郷土誌はこれ一冊きり。この間、麻宮さんが閲覧したのもこれよ。わたしは職員室にいるから、コピーが必要なら声を掛けて。それじゃあ」

琴平校長はそれだけ言うと図書館から出ていった。裕也は真ん中の長机に陣取り、渡された書物を置く。

『我が郷土　姫野村往来』。

表紙は擦り切れ今にも破れそうでタイトルも明確には読み取れない。不注意にページを引っ張ると千切れそうになるくらいに脆くなっている。

細心の注意を払い、まずは一ページ目を繰る。何やら著者の自己紹介が長々と続くのですっ飛ばす。目次に移ると、第一章は『姫野村の歴史』とある。

元々岡山には津山、松山（まつやま）、足守（あしもり）、庭瀬（にわせ）、鴨方（かもがた）、岡田（おかだ）、浅尾（あさお）、新見（にいみ）などの諸藩があったが、姫野村は津山藩の飛び領地だったらしい。そのため、津山藩の命を受けた藩士が村を治めていたのだが、やがてこの藩士が村の女と交わり、その子孫が代々村の代表を務めるようになる。これが巌尾家の源流だ。

巌尾家の由来に辿り着くまでが五ページ強。素人ゆえの生硬な文章が読むスピードを遅らせる。いったい、この著者には姫野村の歴史を後世に伝えようとする意識があるのかないのか。ただの自己満足でつらつら駄文を連ねているだけではないのか。

そろそろ眠気を覚え始めた頃だった。

代々の村長の概略を記載したページを見て一気に目が覚めた。

何代目かの村長として巌尾利兵衛の名前と顔写真が掲載されていた。終戦直後の六人殺しの事件まで記述されているのも驚きだったが、それよりも裕也が驚愕したのは顔写真だった。

利兵衛の顔は麻宮恭一のそれに瓜二つだったのだ。

3

最初は見間違いかと思い、目を凝らして再度確認してみた。だが、やはり利兵衛と麻宮の顔は酷似している。麻宮本人が昔の写真に収まっていると説明されても違和感がない。

写真の中の利兵衛は、背がさほど高くないがひどく痩せている。頰の肉も削げていて、鋭い眼光がひどく特徴的だ。そして、その特徴はそのまま麻宮にも合致する。

これはどういうことだ。

混乱する頭をどうにか落ち着かせ、取り出したスマートフォンで巌尾利兵衛の顔写真を撮る。巌尾家の家系図でも記載されていないかと期待したが、そこまで郷土誌は親切ではなかった。

郷土誌を携えて図書館を出ても心臓の高鳴りは一向に収まらない。誰にも知られてはならない秘密を発見した衝撃と恐怖でばくばくしている。

職員室では琴平校長が何やら書きものをしていた。

「あら天木くん、もういいの」

だが裕也の顔を見るなり口調が変わった。「どうしたの。真っ青よ」

「いえ、何でもないです」

慌てて言い繕い、そそくさと校舎を後にする。

知ったばかりの事実を反芻してみる。巌尾利兵衛と麻宮は瓜二つだったが、この事実に対応する解釈は二つ考えられる。

まず他人の空似という解釈だ。世の中には自分に似た顔の人間が三人いると聞いたことがある。もしそれが本当なら、麻宮は偶然巌尾利兵衛に似てしまったと言える。だが偶然というのはあまりにも可能性が低い。

もう一つは麻宮が巌尾利兵衛の子孫である可能性だ。これとても確率はずいぶん低いが他人の空似よりは説得力がある。

だが麻宮本人からは巌尾家の血筋だとひと言も告げられていない。もし本当に血筋の者だと仮定して、その事実を裕也に告げないのは何故なのか。巌尾家の血筋であるのが恥ずかしいと思っているのか、それとも何か別の考えがあるのか。

その時、裕也は途轍もなく嫌な事実に思い至った。

自分でさえ巌尾利兵衛と麻宮の顔が酷似しているのが分かった。それなら巌尾利兵衛を知っている長老たちなら瞬時にそうと知ったはずではないか。だが、長老たちからそんな声は一度も聞いていない。

麻宮が長老たちと顔を合わせていないからだ。

たとえば利兵衛に惨殺された三家族のただ一人の生き残りである田山村長だが、麻宮は彼の家の前に立っていただけで面通しはしていない。

たとえば当時の事情をよく知る草川老人や葛原老人だが、彼らに話を聞いたのは麻宮本人ではなく裕也だった。

時々隣町や市内に出る以外は日がな一日家に閉じ籠っている生活から一転、今は村中をうろつき回っている麻宮だが、残った長老の誰一人顔を合わせていない。

それは麻宮が巧妙に鉢合わせを回避しているからではないのか。

裕也は道を歩きながら己の想像に慄然とする。もし麻宮が自分と巌尾利兵衛の顔が酷似しているのを知った上で姫野村に来たのなら、目的が転地療養というのはいかにも嘘っぽい。転地療養以外の目的があるようにしか思えない。では、その目的とは何なのか。

考えれば考えるほど麻宮への疑念が色濃くなっていく。悩むうち、麻宮本人に問い質したいという気持ちが膨らんでいく。

一番手っ取り早いのは麻宮に直接質問することだろう。だが裕也は麻宮との対峙を躊躇している。麻宮が腹を割って全てを教えてくれるのなら嬉しい展開だと思う。彼との友情がますます深まる予感がする。

だが、答えをはぐらかされたらどうしよう。これまで培われてきた信頼は木っ端微塵に吹き飛んでしまう。

期待よりも不安の方が大きい。折角できた年上の、しかも魅力ある友人を失いたくない。彼との縁が切れたら、自分はずっと村の因習に縛りつけられたまま生きていくことになりそうだからだ。

麻宮の真意を知りたい。でも知るのが途轍もなく怖い。

不意に裕也は立ち止まる。麻宮の真意について最も恐ろしい可能性を思いついたからだ。

麻宮が巌尾利兵衛の血筋と仮定した場合、姫野村にやってきたのは復讐が目的ではなかったのか。巌尾家が凋落し利兵衛が落魄したのを嗤った村人は一部だったかもしれないが、正気を失った利兵衛が恨んでいたのは姫野村全体だったのではないか。そう解釈すれば、巌尾利兵衛の子孫が姫野村にやってきたのは誰彼なく災いをもたらすのが目的だと合点がいく。

草川康二たちの言説は案外的を射ていたのかもしれず、裕也は複雑な気持ちになる。利兵衛の写真を見るまでは麻宮が論理的で、康二たちが感情的だと考えていた。だが今となっては、その判断も早計だった感がある。

裕也は再び歩き出したが、麻宮の真意について考えて気もそぞろだった。従って道路の真ん中に人だかりができていたのにも、間近になって気づいたくらいだ。

噂をすれば影で、人だかりは康二をはじめとした若い衆たちだった。遠巻きに麻宮の家を睨んでいるが、普段よりも恐怖心が露な印象がある。

「おい」

中の一人が裕也の姿を認める。人だかりが崩れ、自然に通り道ができた。

はっとした。

彼らの裕也を見る目にも恐怖が宿っているではないか。

「疫病神め」

康二が捨て台詞を吐いて道の向こう側へ立ち去ると、他の者も後に続いていく。麻宮と裕也を敬遠するにしても、いつもと雰囲気が違う。首を傾げながら家に入ると、緋沙子が慌てた様子で出迎えた。

「早く入って」

「どうしたんだよ、いったい」

居間までやってくると、緋沙子は眉間に皺を寄せて言った。

「役場の久本さんがコロナに罹ったんだって」

そう告げられた時、諦めに似た安堵を覚えた。既に市内でも十数人の感染者が出ている。関所がある訳でもなく、隣町との行き来が自由である限りいつまでも姫野村の感染者がゼロである保証はどこにもない。時間の問題だったのだ。

「昨夜発熱して、まさかと思ってPCR検査をしたら陽性反応が出たらしい」

「久本さんは」

「市内の病院に搬送されて隔離病棟に入院。そこから先はまだ聞いていない。それより役場が大変なの」

緋沙子の声は少し上ずっている。

「村役場なんてそんなに広い施設じゃなし、久本さんは他の職員さんと同じフロアで働いていたでしょ。つまり役場の職員全員が濃厚接触者になるから、全員が検査のし直しになって、役場はいったん封鎖するんだって。今日にでも保健所がやってきて庁舎の中を一斉消毒するらしいの」

村役場の庁舎は裕也も一度ならず入ったことがある。姫野村には不釣り合いなほど立派な建物だが、あの場所が一斉消毒されるさまはさぞ見ものだろう。

「でもさ、職員全員が検査し直しで役場も封鎖されたら業務も停止しちゃうじゃないか。いいのかよ」

「いい訳はないけど、コロナなんだから仕方ないじゃない。でも、この話はそれで終わりじゃないのよ」

緋沙子は急に真剣な顔になった。

「久本さんが一番接触していたのは家族と職場の人なんだけど、それ以外にも村で接触した人は届け出てくれって広報が言っている。まず思いつくのは向かいの麻宮さんだけどさ」

あっと思った。

「久本さんと接触したのはあの人だけじゃないだろ」

「他の村民は久本さんと立ち話もしていない。だけど麻宮さんとは唾の掛かる距離で何時間も話していたっていうからねえ」

緋沙子は腰に手を当てて難詰するような目でこちらを見る。

「麻宮さんが引っ越してきた際、久本さんが懇切丁寧に村のあれこれを説明していたのは皆、知っている。本人が名乗り出なくたって、遅かれ早かれ村の誰かが保健所に連絡するわよ」

「まるで麻宮さんが名乗り出ないような言い方だね」

「分かるもんですか。街から来た人間なんて協調性も責任感もないんだから」

緋沙子の麻宮に対する不信感は相変わらずだが、話が新型コロナウイルスに関わるとなると忌避感も加わってくる。康二が口にした「疫病神」という言葉が俄に賛同者を増やした感がある。

「あれから麻宮さんには会ってないでしょうね」

「会ってない」

「本当のことを言いなさい」

「本当だったら」

麻宮宅を訪れる際は細心の注意を払っており、誰かに目撃された憶えもない。仮に緋沙子が見ていれば容赦なく詰問するはずだから、本人も半分ははったりで言っているに違いなかった。

「それならいいけど、もうあの家の前で立ち止まるのもなしよ」

「あのさ。いくら何でも家の前に立っただけでウイルスは感染しないだろ」

「感染云々より人目があるのよ。感染者と仲が良いなんて思われたら即、濃厚接触者と疑われる」

麻宮が感染していると決めつけた上で、仲が良い者は濃厚接触者だと結論づけている。つまり二重の意味で偏見だ。だが自覚しているのかいないのか、緋沙子は傲然と胸を張って恬として恥じるところがない。

「あんた一人の問題じゃないのよ。あんたが麻宮さんと仲が良いと思われたら、家族であるわたしたちも感染者だと疑われる。そんなことになったら家から一歩も外に出られなくなる。それだけじゃない。このままコロナが収まらなかったら村を追い出されるかもしれないのよ」

「そんな大袈裟な」

「あんたもニュース見ているなら、それが大袈裟じゃないことくらい知っているでしょ」

裕也は言い返せなかった。

他の県内に最初の感染者が数人確認された頃、感染者の家に嫌がらせをする者がいた。無言電話に張り紙、挙句の果てには窓ガラスに投石までされたらしい。感染者の家族は泣く泣く引っ越しを余儀なくされたという。まるで罪人扱いだが、切羽詰まった状況ではさもありなんと思える。しかもここ姫野村の閉鎖性と排他性は街の比ではない。緋沙子の言説は時代錯誤ながら冷徹なほど現実的だった。

もっとも裕也はそれで村を出ることになれば願ったり叶ったりだと考えている。緋沙子と敏夫には悪いが、村を出ていけるのなら疫病神扱いされても構わない。

「とにかく近寄っちゃ駄目よ」

念を押すように言うと満足したのか、緋沙子は背中を向けて台所に消えていった。

裕也は自分の部屋に戻り、ドアを閉めて内側から鍵を掛ける。

麻宮には尋ねたくても尋ねられないことが山ほどある。

あなたが巌尾利兵衛と瓜二つなのを知っているのか。知っているなら理由も分かっているのか。もし巌尾家の血筋なら何の目的で姫野村にやってきたのか。それは復讐なのか。

ひょっとして草川老人を殺したのは、あなたなのか。

家の前の光景を目撃するまで悩みに悩んだが、麻宮と接触できない大義名分が生じたので安心している自分がいる。卑怯だとは思ったが、成り行き上仕方ないという言い訳もできる。

麻宮宅には近づくなと言われた。それならそれで方法はある。

裕也はスマートフォンを取り出し、麻宮の番号を呼び出す。コール三回目で相手が出た。

『はい、麻宮』

「僕です。今、いいですか」

『五分ならいい。ちょうど出掛けるところだった』

「じゃあ後でも」

『今話せよ。後だと病院の中だから電波が遮断される』

「病院。まさか」

コロナ、と言いそうになって慌てて止めた。

『もう君の耳にも入っているだろ。役場の久本さんにコロナの陽性反応が出て、職員全員がＰＣＲ検査をされている。俺にも保健所から連絡があった。強制じゃないが、できたら検査を受けてほしいそうだ』

「自覚症状、ありますか」

『特にないけど、検査を受けなきゃ村にいられそうにないからね。説明じゃあ六時間もあれば検査結果が出るらしい。それで済むなら結構な話じゃないか』

「そうですね。結果が陰性だったら誰も何も言わないだろうし」

『それは違う』

麻宮は言下に否定した。

『俺がコロナに感染していなくても村の人たちの心証や対応が変わることはまずない。検査結果が陰性と出ても、きっとデータを改竄したんだろうと疑われる』

反論はできない。康二たちなら言いそうなことだ。

本来なら同じコミュニティの人間を悪し様に言われて憤慨する場面だろうが、麻宮の言葉に納得してしまえる状況が情けない。

『嫌な言い方だが、村の人たちにとって俺を排斥する理由はもう何だっていいんじゃないかと思う。東京から来たという事実でも、仮にＰＣＲ検査で陽性反応だったでも構わない。とにかく自分たちに災いをもたらす者という理由を欲しがっている』

「どうしてですか」

『異分子が気に食わないのさ。別に姫野村に限った話じゃない。世情が不安になれば人は自分と色の違う人間を排除しようとする。この国も、そして世界中もだ。ニュースを見てみろ。どこもかしこも感染者数の上昇とともにマイノリティの排斥を始めた』

「世界も姫野村も同じだと言うんですか。それはちょっと言い過ぎみたいな気がします」

『同じだよ。みんな強がってはいるが内心はびくびくしている。だから不安を紛らそうとして弱い立場の人間を攻撃している。滑稽だよ』

内心びくびくしている者は虚勢を張る。

麻宮の説明は腑に落ちる。現に今の村人たちがその状態だった。

『そろそろ時間だ。じゃあ、君も覚悟しておけ』

それきり電話は切られてしまった。結局、巌尾利兵衛と麻宮の関係を問えずじまいだったが、一方で裕也は安堵の溜息を吐く。これで麻宮と正面切って向き合うのは後回しになった訳だ。だが最後の言葉が引っ掛かる。君も覚悟しておけとは、どういう意味だろうか。

つらつら考えているとドアを激しくノックする者がいた。

「開けなさい、早く」

緋沙子がひどく切羽詰まった様子だった。勢いに押されるように裕也はドアを開く。

「今度は何だよ」

「たった今、村長さんから電話があった。家族全員、ＰＣＲ検査を受けてほしいって」

即座に合点がいった。これが覚悟すべき内容だった。

「わたしはお父さんに連絡するから、裕也は出掛ける準備しなさい」

緋沙子の顔は焦燥と恐怖に彩られている。迫害する側の人間がされる側に堕ちた時の顔だと思った。


急遽、野良仕事を切り上げてきた敏夫は緋沙子から事情を聞くなり烈火のごとく怒り狂った。

「何でどこも悪くないのに検査を受けなきゃならないんだ。それも保健所からじゃなくて村長からの要請だと」

「麻宮さんが検査する以上、一番近所のウチも全員検査してくれって」

「咳一つしていないのにか」

「そうしないと村の人たちが納得してくれないからって」

敏夫は裕也を射殺すように睨みつける。

「これもお前があいつに近づいたせいだ」

「今更、そんなこと言ってもしょうがないじゃない」

珍しく緋沙子に一喝されると、敏夫は毒気を抜かれたように黙り込む。

「村長が言ってきたっていうことは少なくない人間がわたしたちを疑っているってことなんだから。検査して陰性証明さえもらってしまえば、村長さんたちも何も言わなくなる」

こうして天木一家は揃って市内の病院でＰＣＲ検査を受ける羽目になった。されたのは鼻咽頭検査と呼ばれるもので、鼻の奥まで綿棒を挿入して粘膜を採取する。唾液検査や鼻腔検査よりも精度が高いというが、その代わりに一瞬痛みを伴う。裕也も鼻奥に綿棒を突っ込まれた時には、普段味わったことのない激痛で涙が出たくらいだ。

「検査結果は明日には連絡しますよ」

敏夫が担当者の説明を冷静に受け止めていたのはここまでだった。検査の費用が三人分で六万円になると告げられた時、待合室のど真ん中だというのに大声を放ったのだ。

「どうして人の言うなりに検査を受けて費用を自腹で払わなきゃならないんだ」

風邪の症状があるなど新型コロナ感染が疑われたり家族が感染し濃厚接触者となったりした場合には、医師の判断の上ＰＣＲ検査費用は公費負担で無料になる。保険診療で自己負担三割なら診察料や処方箋料などで二千円ほどの支払いで済む。

だが保険適用外であれば保険診療ではなく自費になる。自由診療のためこの病院では一回につき二万円、陰性証明書を発行する場合は、別途五千円が必要なのだという。

「クソッタレ」

敏夫は事務の女性を散々罵倒した挙句、緋沙子に窘(たしな)められた。近所のＡＴＭから引き出した現金を受付カウンターに叩きつけた後は憤然としてしばらく口を開かなかった。

裕也は翌日入手した家族三人分の陰性証明書を田山宅に持参して村長自らに確認してもらう。敏夫は腹の虫が治まらず、息子を代理に行かせた次第だが、これは裕也にとっても好都合だった。

「悪かったなあ。わざわざしなくてもいい検査をさせちまって」

田山は裕也相手にも申し訳なさそうに応じる。

「敏夫さんにも済まんと思ったが、何しろ草川の家のモンがうるそうてなあ。麻宮の近所に住んでるヤツらも感染しているに決まってる。隔離せんかったらうかうか道も歩けんと、そりゃあ大騒ぎさ」

先頭に立ったのは十中八九康二だろう。

「検査費用、いくらだった」

「一人二万円でした」

「三人で六万円、それに陰性証明で一万五千円。結構な出費をさせちまった。少ないが、これを敏夫さんに渡しておいてくれ」

田山は懐から封筒を取り出した。中に何が入っているかは説明がなくても分かる。代理である裕也に拒否権などなく、ただ受け取るだけだ。

「ありがとうございます」

「なに、あんたの家には嫌な思いをさせちまったからな。こんなもので気が晴れるとは思うとりゃせん」

「きっかけは役場の久本さんだったんですよね」

「ああ、役場はえらい騒ぎさ。建物の中をすっかり消毒しても職員たちが全員陰性と証明されるまでは再開もままならん」

「麻宮さんも再検査を受けたんですか」

「とばっちりを食ったあんたン家には知る権利があるだろう。今朝方、当の本人から陰性証明のコピーをもらった」

「村長さん、麻宮さんと顔を合わせたんですか」

思わず声が大きくなったが、田山の返事は肩透かしだった。

「いや、ポストに封筒が入れられていた。きっと朝早くに来過ぎて、会えないからコピーだけ置いていったんだろう」

もし麻宮と対面したら田山はいったいどんな反応を示しただろうか。

「村長さん、まだ麻宮さんと直接会ったことはないんですよね」

「転入してきた者にいちいち会わなきゃいかん謂(いわ)れはないからな。昔の名主じゃあるまいし」

「あの、話は全然変わるんですけど、村長さんは巌尾利兵衛を憶えていますか」

突然出された名前に田山は意表を突かれた様子だった。

「本当に全然違う話だな。ああ、うん。よっく憶えとる。儂の両親をむごたらしく殺したヤツだからな。儂が厠から戻ると親父は首を切り落とされ、お袋は頭を備中鍬で串刺しにされた。返り血で巌尾利兵衛の顔は真っ赤に染まっていて、子供心に赤鬼のように思えた。怖くてなあ、叫んで人を呼ぶのが精一杯だった」

「普段から恐ろしい人だったんですか」

「いつも気難しげな顔をしておったな。起死回生のつもりで始めたパセリ栽培で詐欺に遭い、カネも信頼も失くしていた時分だったから、余計にそう見えたのかもな」

世にもおぞましいものを見たように、田山は眉間に皺を寄せる。

「運に見放されて、財産を奪われて、己の才覚のなさと向き合わされる。そんなことが続けば、誰だって寛大さや冷静さを失う。子どもの儂は利兵衛が赤鬼に見えたが、案外鬼という見立ては正しかったのかもしれん。人から人らしいものを剝ぎ取っていくと、最後はみんな利兵衛みたいになる。きっと人の本性は鬼なんだろうなあ」

「みんな、ですか」

「村を、いや、この世の中を見てごらん。コロナやら陽性反応やら隔離やら、人心は既に荒れかけている。そろそろ鬼に変わるヤツが出てきてもおかしくない」

田山は虚空の一点を見つめて独り言のようにこぼす。

「利兵衛が躓いたパセリ栽培で儂はひと財産築いた。結果的には巌尾家が続けていた村長の地位も奪った。あれから利兵衛の恨みで多くの衆が祟られたが、一番に祟られるはずの田山家はこうして皆が無事でいる。皮肉と言や皮肉な話さ」

「村長さん」

裕也はいったん唾を飲み込んでから問い掛ける。

「祟りって本当にあると思いますか」

「あるさ。姿かたちもなく現れて、襲われたら一巻の終わり。たとえばコロナがそうだろう。科学で正体が暴けるかどうかの違いはあるだろうが、災厄という点では似たようなものだ。現にコロナのために世界中が恐れ慄(おのの)いてあたふたしておるだろ。利兵衛の祟りもそれと一緒だ。違いはあまりない」

4

検査を終えて敏夫は早速野良仕事に戻ったが、近所に対する意趣返しを決して忘れなかった。

「みっともないからやめて」と緋沙子が懇願したにも拘わらず、取得したての三人分の陰性証明書を玄関ドアに貼り出したのだ。

陰性証明は採取検体、検査法、結果の欄にレ点が打たれ、他には結果判明日が記載された簡単な書式だが、三枚並べてドアに張りつけた様はやはり異様に映る。緋沙子がみっともないと嘆くのも当然だろう。

ただし裕也には敏夫の気持ちも多少理解できた。一昨日まで同じコミュニティの住人と信じていた者たちからいきなり矢を放たれたのだ。逆上して奇矯な行動に出ても不思議ではない。加えて一家三人が陰性であるのを医療機関が発行した文書で告知するのは悪い思いつきではない。猜疑心(さいぎしん)に凝り固まった連中には口で説明しても埒が明かない。正式な証明を掲げておれば、それこそ一目瞭然ではないか。

裕也の見る限り、敏夫の目論見は半分成功したようだ。陰性証明を見たらしき者は普段と変わらぬ口調で敏夫に接し、あたかも自分は陰性と信じて疑わなかったという素振りだったらしい。現金なものだと敏夫は苦笑したものだ。

一方、麻宮が陰性だった事実は田山村長の口から皆に伝えられた。麻宮を胡散臭く思っている連中も、田山直々の言葉となれば信じるしかなかった。

ただし一向に態度を変えない者たちも存在した。康二を中心とする若衆たちの一団だ。若衆と言っても五十代六十代のいい大人だが、まだ父親の多くが存命なので若僧扱いされている。つまりは上に頭が上がらない者たちが徒党を組んでいるのだが、彼らは陰性証明を見せられても尚、麻宮や天木家に対する疑念を隠そうともしなかった。

「草川の次男坊はいったい何を考えてんだ」

夕飯の際、敏夫は怒気を含ませながらこぼした。

「道で会うなり、まるで俺が病原菌か何かみたいに避けやがった。あいつには陰性証明も意味がないらしい」

「あんな真似をしたんだから、それなりに納得してくれないと」

緋沙子が皮肉交じりに応えても、敏夫は康二の批判に気がいっている様子だった。

「結局、あいつらは理由なんてどうだっていいのかもしれん」

「どういう意味」

「何かに文句をつけたり攻撃したりするのが目的になっている。要は憂さ晴らしみたいなものだな」

「この村に住んでいて憂さなんてあるのかしら」

「全員いい歳をしているのにガキ扱いで、自分の思い通りにならんことが多いからな。文句をつける相手は何だっていいんだ」

不意に麻宮の言葉が甦る。

『嫌な言い方だが、村の人たちにとって俺を排斥する理由はもう何だっていいんじゃないかと思う』

毛嫌いしている麻宮が自分と似たような発言をしていると知ったら、敏夫はどんな顔をするだろう。理不尽な仕打ちを受けた人間は誰しも同じ考えに至るのかもしれない。

だが敏夫も相変わらずだった。

「あいつも陰性証明が出たらしいが、陰性だからといって近づくようなことはするなよ。近づいただけで村八分にされる可能性がある。疑われるような真似は最初からしないことだ」

迫害された者同士でも確執がある。なかなか上手くはいかないと、裕也は内心で溜息を吐いた。

麻宮宅の異変を知ったのはその翌日だった。野良仕事を手伝いに外へ出たところ、停めてあったスポーツカーが目に入ったのだ。

愕然とした。

あの優美なスポーツカーは見る影もなかった。車体が糞尿塗れになり、そればかりかドアやボンネットには大きな傷がつけられている。都会らしい艶も匂いも台無しで、廃車のように堕ちてしまっている。

次に覚えたのは怒りだった。燃え盛る溶鉱炉のような憤怒が胸を焼く。

赤いスポーツカーは裕也の憧れだった。まだ見ぬ世界、いずれは移り住む新天地の象徴だった。その象徴が無残に汚されてしまったのだ。

裕也は家の中に取って返す。自室に戻り、スマートフォンで麻宮を呼び出す。

『はい、麻宮』

「僕です。あのっ、表に停めているスポーツカーがっ」

『ああ、知ってる。昨夜のうちにやられたらしい。朝起きてみたらあのざまさ』

「いったい誰にやられたんですか」

『防犯カメラを設置している訳じゃなし、熟睡しているところだったから人声も物音も聞いていない。誰にやられたなんて分からないよ』

「警察に連絡は」

『一応、通報はしたけどね。駐在さんが来てくれたところでどこまで調べてくれるやら。何しろ容疑者が多過ぎるからね』

「麻宮さんが陰性だったのは村長さんがみんなに教えたはずですよ」

『言ったじゃないか。俺がコロナ陽性か陰性かなんて関係ない。俺をどうにかしたいのが目的であって、理由は後付けに過ぎない』

「犯人を捕まえるべきです」

他人のクルマだというのに、裕也は自分の魂を汚されたようで我慢がならなかった。

「麻宮さん、とてもひどいことをされたんですよ」

『クルマを糞塗れにして傷をつける。器物損壊罪だからいいとこ三十万円以下の罰金。下手すりゃ、もっと軽微な罰になる』

「高級車でしょ。塗装だけで三十万を超えちゃいますよ」

『真面目に話すと、相手に存分に償わせるためには民事訴訟する必要があるけど手間も時間もかかる。こういう犯罪はヤリ得みたいなところがあって、被害者の多くは泣き寝入りだよ。そもそも加害者側に相応の財力がなければ、どんな判決が出たって絵に描いた餅だ』

裕也が熱くなればなるほど、当の麻宮は冷静になっていくようだった。それが裕也には恥ずかしく、また腹立たしい。

「どうして、そんなに冷静でいられるんですか」

『始まりに過ぎないからさ』

麻宮は縁起でもないことをさらりと言ってのけた。

『いつでもどこでも、モノに対する嫌がらせは初歩だよ。これ以降、対象物はモノからヒトに移行していく。今から頭に血を上らせていたんじゃ身が保たない』

「麻宮さんが襲われるってことですか。それじゃあ、ますます警察に保護してもらわないと」

『自衛の術くらいは心得ているさ。それに、まるっきり孤軍奮闘という訳でもない』

孤軍ではない。

自分を援軍と見てくれているのかと、俄然裕也は意気込む。

「僕にできることなら何でも」

『君も自衛しろ。君の家族がとばっちりでPCR検査を受けさせられたのを聞いた。言い換えればとばっちりを受ける程度には、君たちも疎んじられているってことだ。一家全員に陰性証明が出ていても油断しない方がいい』

「ウチが襲われるんですか」

『逆上すると、大抵のヤツは見境がなくなる。見境がなくなるというのは理性も良識も吹っ飛ぶということだ。嫌な言い方になるが、昨日まで笑顔を向けていた人間が、今日は懐に刃を忍ばせて近づいてくる。そういうことは珍しくない。決して警戒を怠るなよ』

「あ、あのっ」

裕也の言葉を遮るように、電話は一方的に切れた。

まただ。また、巌尾利兵衛と麻宮の関係を訊きそびれてしまった。ひょっとしたら麻宮は探られまいとして、裕也からの問い掛けを遮断しているのではないだろうか。

不信感を抱きながら再度家を出て畑に向かう。すると十メートルほど先に一番見たくないものを発見した。

草川康二と菅井時彦の二人が麻宮のスポーツカーを指差して嗤っていたのだ。

その瞬間、スポーツカーに悪さをしたのは彼らだと直感した。証拠は何もないが彼ら以外の犯人は思いつかなかった。

裕也は二人に歩み寄り、挨拶抜きで言い放つ。

「そんなに人の不幸が楽しいですか」

突然話し掛けられて康二と時彦は一瞬表情を凝固させる。だがすぐに康二は言い返してきた。

「何だ、天木ンとこの倅か。俺たちが何を見て嗤おうと勝手だろうが」

「見ていて気分のいいものじゃないです」

「お前の気分なんざ知らん」

「そんな風に嗤っていると、犯人と思われますよ。それとも本当に犯人なんですか」

「何だと」

康二はこちらを睨め上げるように見る。時彦はにやにや笑いながらやり取りを眺めているだけだ。

「迂闊なことを言うなよ。証拠でもあるのか」

「人の不幸を嗤っていたら、そんな風に見えると言ったんです」

「不幸かね。あれは自業自得って言うんだ」

「麻宮さんが何かしたんですか」

康二の目は裕也をせせら笑っている。

「何かしたから天罰を食らっているのさ。俺の親父が殺されたのはお前だって知っているだろ」

「麻宮さんが犯人だという証拠はあるんですか」

「証拠を残さないところが悪辣なんだ。いいか、麻宮は諸悪の根源だぞ。あいつが村に来てからというもの碌なことがない。ウチの親父は殺されるわ、コロナ患者は出るわ、踏んだり蹴ったりだ。特にコロナの件は、あいつが外から持ち込んだに決まっている」

「一昨日、麻宮さんはPCR検査を受けて陰性証明が出ていると村長さんが言ってました」

「馬鹿だな。あんな検査で正確な結果が出るもんか。あちこちの検査センターで偽陽性やら偽陰性が出ているのをニュースで見聞きしてないのか」

裕也は返事に窮する。康二の言説は本当で、たとえば本当はコロナウイルスに感染していても、たまたま綿棒で拭った場所にウイルスが存在していなければ、検査結果は陰性と出てしまうらしい。

「狡いヤツなら検査を誤魔化すのも簡単にやるさ。誰が信用するかい。あいつは祟りどころかウイルスまで運び込んだ疫病神だ。とっとと追い出さないと姫野村は壊滅する」

「そんなこと本気で考えてるんですか」

「お前も父親を殺されたら、そう考えるようになるさ」

言葉が不意に怒気を孕んだ。

「その日まで割に元気だった親父が、嵐の晩に出ていったと思ったら翌朝には冷たくなっていた。解剖しても突発的に窒息したらしいとしか分からない。そんなあやふやな所見で納得できるもんか」

康二の目を見ていると、この男なりの草川老人への愛情が偲ばれる。好きになれない男だが、康二には康二の正義と理屈がある。

「お前には麻宮が犯人じゃないという根拠があるのか。あの余所者をどうして庇う」

「庇う訳じゃなくて」

保身から控え目な言い方になるのが、我ながら情けない。

「証拠もないのに犯人扱いするのは、ちょっと」

「良くないことってのは大抵外からやってくるんだ」

康二は訳知り顔で言う。

「まだコロナが流行る前から村を閉め切っていりゃよかった。郵便物や物資だけ入れて、余所者は一切拒んでいたらこんなことにはならなかった。何もない村だが、その代わり災いの種もなかった」

「巌尾利兵衛の祟りはずっと以前からありましたよ」

「祟りは数年、数十年おきだった。麻宮が来てからというもの連続している。あいつが疫病神だという証拠だ」

そんなものは証拠でも何でもない。ただのこじつけだ。

そう答えようと康二を正面に見据えた際、はっとした。

昏く濁ってはいても理性を失った目ではなかった。

康二も己の言説が正当ではないのを承知している。承知した上で口にしているのだ。

「理屈じゃないんだよ。巌尾利兵衛の祟りにしろコロナにしろ、全部が全部理屈で説明できるか。できねえだろ。納得させられない理屈なら何を並べたって一緒だ」

「だからって麻宮さんを追い出す理由にはならない」

「あいつを村から追い出して何か不都合があるのかよ」

裕也の反論は空しい。相手に無茶だという自覚がある以上、どんな理屈を展開しようと意味がない。

「誰も困らない。それどころか心配事が一つ減って平穏になる。見知らぬヤツが傍にいるってのは、それだけで不安なんだよ」

理屈も道理もすっ飛ばしているが康二の主張は正しく聞こえる。少なくとも正気を失いつつある姫野村にあっては、否定しづらい本音と言えた。

「同じ村のよしみで警告しといてやる。もう麻宮には近づくな」

警告を発する理由は歴然としている。麻宮に新たな迫害を加えるつもりなのだ。

裕也は返事に窮したまま、二人の前を通り過ぎる。何を言っても争いの種になりそうだった。

麻宮からも両親からも、そして何と康二からも警告を受けてしまった。自分はそれだけ周囲に未熟と見做(みな)されているのだ。

未熟なものか。
自分は麻宮の盾になってやる。
裕也はそう意気込んだ。

四　鬼の眷属（けんぞく）

1

麻宮の家に動きがあったのは、彼の検査結果が知れた三日後のことだった。

目撃した緋沙子の話によれば、村に入ってきたタクシーが麻宮宅の前に停まり何者かが降車したのだという。

「どんな人だったの」

「顔はよく見えなかったけど背の低い男の人だったみたい」

姫野村でタクシーを利用する者はあまりいない。大人は大抵足代わりの自家用車を所有しているし、大きな買い物は通販で済ませている。加えて田舎道なのでタクシーは尚更目立つ。

麻宮宅に降り立った客は果たして彼の味方なのか敵なのか。それとも何か別の目的を持った来客なのか。裕也は気になって仕方がない。

どうせ狭い村の中だ。いつかは客の素性も知れるだろうと考えていたが、裕也は思いがけず件の人物と鉢合わせした。

野良仕事の休憩で自宅に戻る途中、道の真ん中で途方に暮れた体の男がいたのだ。背が低いのに背中を丸めているので尚更小さく見える。すぐに緋沙子の目撃した、麻宮の客だと分かった。

「あのう」

眼鏡の小男は遠慮がちに裕也を呼び止めた。

「ちょっと道をお尋ねします。最寄りのＡＴＭはどこでしょうか」

呼び止められなかったらこちらから声を掛けるつもりだったので、裕也にとっては渡りに船と言えた。

「ゆうちょですか」

「いえ、銀行なんですけど」

「銀行のＡＴＭならコンビニまで行かないと。コンビニの場所は知っていますか」

「村には今日きたばかりで不案内なんです」

やはり、この人物で間違いなさそうだった。折角の機会を逃す手はない。

「よかったら案内しますよ」

「そうですか。お急ぎのところをありがとうございます。ちょうど買い物もしたかったのです」

裕也のような年下の者にも敬語で話すところに好感が持てた。些細なことだが、こういうところに人格が出ると裕也は考える。

「麻宮さん家のお客さんですよね」

「はい。どうして分かるんですか」

「向かいの家に住んでいますから。天木裕也といいます」

「ああ、なるほど。僕は吹邑黎人(ふくむられいと)という者です。よろしく」

改めて吹邑を見る。度の強い眼鏡をしているが、奥にある目はずいぶんと人懐っこそうだ。マスクで口元が隠れているが、笑えば愛嬌があるのではないか。

「助かりました。まだ右も左も分からないもので」

「麻宮さんはどうしたんですか」

「彼は外出してしまいましてね。訊くに訊けませんでした」

「麻宮さんとは友だちなんですか」

「友だち。うーん。まあ、そんなところですかね。いや、どうだろう」

どうも吹邑の話は要領を得ない。これが本来の喋り方なのか、それとも会ったばかりの人間に警戒心を緩めていないのか。

「最寄りといってもコンビニエンスストアは村の外れにあります。徒歩でも十五分以上かかりますよ」

「それくらいなら構いません。フィールドワークには慣れていますから」

フィールドワークという単語は初耳だが、己の無知を曝け出すようなので敢えて意味を質さなかった。

友人らしいが、麻宮とは対照的だと思った。皮肉屋で能弁な麻宮に対して、吹邑は朴訥(ぼくとつ)そうで口数が少ない。結局目当てのコンビニエンスストアに到着するまでひと言ふた言しか口にしなかった。

ATMから現金を下ろした後、吹邑が購入したものはいずれも興味深いものだった。マスク一箱、無洗米5kg一袋、スマートフォン用充電器、下着一式、ミネラルウォーター2ℓ、その他生活雑貨。どう見ても日帰りの来客が買い揃えるような品々ではない。

生活雑貨だけではなく、吹邑は粘土も探していた。

「エポキシパテもあれば嬉しいのですが」

店員からその品は扱っていないと説明されても、吹邑はあまり気落ちした様子はない。

「現地で調達できなければ通販で揃えるしかないなあ」

店を出た吹邑に思わず訊いた。

「長期滞在するんですか」

「いやあ、長期になるか短期で済むのか、ちょっと予想がつきません。一応、長期になっても支障がないように転ばぬ先の杖は用意しておこうと思いまして」

意外なのは吹邑の体力だった。レジ袋二袋いっぱいの大荷物にも拘わらず、平気な顔で手にぶら下げたのだ。

「力、あるんですね」

「フィールドワークで鍛えられていますから」

「お仕事、何をされているんですか」

「大学で助教をしています」

大学の肩書や序列を知らないが、助教というのが教授よりも偉くないのは何となく分かる。ただし大学関係者の吹邑と証券会社勤めである麻宮のどこに接点があるのかは皆目見当もつかない。

「それより裕也くんはいいんですか。何か用事があったみたいですけど」

「ちょうど昼休みだったから構いません」

「見たところ裕也くんは中学生ですよね。昼休みというのはバイトか何かなんですか」

「いえ。家の手伝いですよ」

「失礼ですが、そのお手伝いは一日何時間なのですか」

「朝から晩まで大人と同じくらいの労働時間ですよ。それで別途に小遣いがある訳じゃなし」

「何と」

どうした訳か、吹邑は俄に気色ばんだ。

「それはいけません。学力や記憶力が培われる最も重要な時期に、朝から晩まで無給で肉体労働なんて。いったい学校や保護者は何を考えているのですか」

「いや、あの。姫野村ではこれが当たり前ですよ。農家の長男は家業を継ぐのが当然で、学校の成績なんて重視されません」

裕也の説明を聞いても、吹邑は何ということだと繰り返し、納得しようとしない。

「また失礼な物言いになってしまいますが、この村は前近代的な印象があります。あ、いや。君の気分を害したようならごめんなさい」

「謝らなくていいですよ。その通りなんですから。麻宮さんも似たようなことを言ってたし」

「麻宮が。あいつなら、きっと聞くに堪えない言葉を吐いたのでしょうね」

「それほどじゃないです」

裕也はやんわりと否定したが、村のことを誰からどのように貶(けな)されても心が痛まないのは自分でも意外だった。

いくら父親を毛嫌いしていても、他人から父親の悪口を言われたら頭にくる。住んでいるところも同様だと思っていた。しかし、どうやら自分はとことん村を嫌っているらしい。むしろ憎悪していると言った方が的確かもしれない。

「ここは麻宮さんが住んでいた東京とは五十年くらい感覚がずれているんですよ。僕も昭和の話なんて親から聞いただけだけど、その頃からあまり変わっていないみたいです。麻宮さんは、とても閉鎖的だと言ってました」

「閉鎖的というのは、さっきまでの反応もそれにあたるのかなあ」

「さっきまでの反応って何ですか」

「実は裕也くんに声を掛ける前、五人ほど別の人に会ったんです。ところが皆さん全員、わたしの問い掛けに応えてくれず、あまつさえひと睨みして通り過ぎてしまう始末で」

吹邑が道路の真ん中で途方に暮れていたのは、そういう経緯だったのか。

「ちゃんとマスクをしているのになあ」

「マスクのあるなしじゃなくて、吹邑さんが村外の人だからですよ」

裕也はつい先日、役場の職員が新型コロナウイルスの感染者になった事実を告げる。

「それまで感染者は一人もいませんでしたから。それで余計にナーバスになっているんですよ」

「それで外部から来た人間を忌避しているんですか。わたしはちゃんとＰＣＲ検査を済ませてからやってきたのに。第一、役場の職員が感染者だとしたらチェックすべきは村外からの来訪者ではなく、先に職員と濃厚接触した者でしょう。非論理的ですよ」

因習と村の空気が優先する場所で論理を持ち出しても空しいだけだ。

「この村で理屈は通用しませんよ。職員と接触した麻宮さんは陰性証明を村長さん宛てに提出しましたけど、それでも麻宮さんは警戒されたままです」

「でも彼は陰性だったんでしょ」

「検査の結果なんてあてにならないって」

「検査結果があてにならないのなら、いったい何を根拠に感染者かどうかを判断するんですか」

問われても当意即妙に答えを出せない。少し迷った挙句にこう言うのがやっとだった。

「空気、ですかね」

すると吹邑はぶるぶると首を横に振る。

「そんなものは根拠でも何でもありません。魔女狩りレベルの無学な決めつけです」

康二たちの振る舞いを魔女狩りレベルと一刀両断にしてくれたことには快哉(かいさい)を叫びたいくらいだった。

「じゃあ、あの人たちは空気だけでわたしを忌み嫌うようにしていたのですね」

「ええ、多分」

「麻宮にも言われたのですよ。表に出たら気をつけろと。その時は意味が分からなかったのですが、道行く人の態度であこういうことかと納得しました」

吹邑は痛みを堪えるように顔を顰(しか)める。他人を責める顔ではなく、理不尽さに戸惑っているような顔だった。

「コロナ禍とは言え、人が疑心暗鬼に囚われるのを見るのは嫌だなあ」

「コロナは関係ないですよ」

「え」

「この村はコロナが流行る前からずっとそうです。外から来た人間をいちいち色眼鏡で見て、絶対に受け容れようとしない。いつもいつも同じ人間と顔を合わせて、同じ一日を繰り返さないと不安で仕方がないんです」

「……裕也くん、この村で育ったのですよね」

「僕が選んで、この村に生まれた訳じゃありませんから」

吹邑は寂しそうな目をこちらに向けてきた。同情だとしたら少し嫌だと思った。

だが吹邑の反応は違った。

「それはそうですね。誰も自分の出自を選べない」

吹邑は自分に言い聞かせるように、うんうんと頷く。

「だからこそ生まれた後には自身に選択権があるのですよ。どこに行き、何をするのか。その自由があるから人は人でいられるのです」

どこかで聞いたありきたりな言葉だった。

だが今の裕也には矢のように突き刺さり、なかなか抜くことができずにいた。

「さっき、長期滞在になるかどうか分からないって言ってたじゃないですか。それって大学の方で許可が下りないとかですか」

「いやあ、わたしの勤めている大学だけかもしれないけど就業規則が緩やかでしてね。研究目的という大義名分さえあれば、長期の休講も許してくれるのです」

「じゃあ、どうして」

「彼の、麻宮の都合ですよ。甚だ一方的かつ自己中心的ですが」

憤慨しているようだが、どこか愉快そうな響きが聞き取れる。

「彼の自分勝手は相変わらずで、そのためにいったいどれだけの友人を失ったことやら」

「麻宮さんとは付き合いが長いんですか」

「大学時分からなので、もうかれこれ十年以上になります」

「へえ、同じ大学だったんですか」

「学部は違いましたが、不思議とウマが合いましてね」

きっと二人の性格が正反対だったから長続きしたのだろうと思う。

「裕也くんは麻宮と仲良くしてくれているのですね」

「仲良くというか、近所ですから」

「彼に合わせるのは大変でしょう。唯我独尊で人の話を聞こうとしないし、妙に秘密主義でなかなか真意を打ち明けないから誤解される。誤解されても我関せずだから、ますます疎外される。疎外されても全く動じないから、ますます人が寄ってこない」

「……間違っていないと思いますけど、ひどい言いようですね」

「間違っていないから、ひどい言いようになるんです。真実というのは常にそうしたものです」

麻宮も大概だが、吹邑も負けず劣らずだと思う。二人の仲が続いているのは性格が正反対というだけではなく、根っこのところで共通点があるからに違いない。

　その時、背後からクルマの走行音が近づいたかと思うと、どろどろと地を這うようなエンジン音を響かせて裕也たちの真横に停まった。

　驚いたことに汚物塗れだったボディーは綺麗に磨かれ、眩いばかりの光沢を放っている。

「何で二人が一緒にいるんだ」

　ウインドーを開けて声を掛けてきたのは麻宮だった。

「近くのコンビニまで一緒についていてきてもらった」

「そんなもの、スマホで検索すりゃいいだろ」

「電波が圏外になったら、あんなものただの箱だよ」

「あー、そうだったな。それで俺に電話の一本もなく、大荷物抱えて家まで戻るつもりだったか」

「君ほどやわな身体じゃない」

「二人とも乗れ。いくら体力自慢しても、折角文明の利器があるんだ。使わん手はないだろう」

「あの、僕は遠慮しておきます」

「俺と一緒にいるところを見られるとまずいんだろ。大丈夫だよ。人目のない場所で降ろすから」

　瞬間、緋沙子の顔が浮かんだが、視界に飛び込んできたスポーツカーの内装で吹っ飛んだ。フロントシートは身体をがっちりと固定するタイプで、インストルメントパネルはまるで飛行機のコックピットのようだ。父親が足代わりに乗っている軽トラとはまるで別物だ。

「い、いいんですか」

「乗れと言ってるんだ」

「じゃあ、わたしは荷物があるので後ろに」

スポーツカーだからなのか後部座席は冗談かと思うほど狭い。それでも小柄な吹邑はさほど窮屈そうな様子も見せずシートに収まる。

フロントシートに座る寸前、自分の心臓が高鳴るのを聞いた。座ったら座ったで、身体全体を掴まれる感触に鳥肌が立ちそうになる。

「それにしても裕也くんは、よくよく外部の人間と縁があるな」

アクセルを踏みながら麻宮は呆れたように言う。

「ひょっとしたら、君ほど俺たちみたいな余所者と接触するのを禁じられている人間はいないかもしれないのにな。まあ、そういうヤツほどトラブルに見舞われたりするのも世の常なんだが」

「わたしも、そういうトラブルという意味かい」

後部座席から吹邑がやんわりと抗議する。

「トラブルというのなら、わたしじゃなくて君じゃないのか。これまでも君と一緒にいるだけで、わたしはどれだけトラブルに巻き込まれたか。なんなら一つ一つ数え上げてもいい」

「数えられる程度なら大した数じゃない」

二人の会話を聞きながら、裕也は浮かれている自分に気がつく。

乗り心地は予想以上だった。道路状況を着実に伝達するためか、アスファルトの凸凹具合が足元から伝わる。だが決して不快な振動ではなく、自分の足で疾走しているような錯覚に陥る。

スポーツカー。

友人との洒脱な会話。

これが都会だ。

これが街の空気だ。

裕也は黙ってフロントガラスから迫る光景を堪能する。今は何を口走っても陳腐な台詞にしかならないような気がする。

「それはそうと吹邑。目当てのものは調達できたのか」

「飲料水とか替えの下着とか、取りあえず三日分の日用品を」

「三日。何を言ってんだ。たった三日で片がつくはずないだろう」

「取りあえずと言ったじゃないか。現物を見るまでは判断のしようがない。もし長引くようなら、また買い足せばいい。電波が圏外でも宅配業者は来るのだろう。だったら通販で充分事足りる」

「通販か。まあ、お前の必要とする道具やら材料やらがコンビニだけで賄えるはずもないか」

「何度も言うが、どれくらいの規模になるかは現物を見てからでないと判断できない」

「対象は逃げないから安心しろ」

二人がやり取りしている内容はさっぱり理解できない。無論、裕也に知られたくないために、わざと曖昧な言葉を使っているのは分かっている。

分かっていても二人の間に割り込むことが怖い。自分が口を差し挟んだ結果、この快適な時間が途切れることが怖くてならないのだ。

そうこうするうちにスポーツカーは麻宮宅に到着した。

「今なら通行人もいない」

麻宮の声がひどく無慈悲に聞こえた。

「自分家に早く戻れ」

後ろ髪を引かれる思いで裕也は助手席から降りる。

時間にすればほんの数分、だが得難いほど煌(きら)びやかで、そして切ない憧憬のひと時だった。

二人が家の中に入っていくのを確かめると、裕也は自宅に向かってとぼとぼと歩き出した。


ただでさえ麻宮の存在で村が過敏になっている中、新たな来客が話題に上らないはずもない。吹邑の来訪はその日のうちに村の端から端まで知れ渡った。

新しい来訪者は麻宮とどういう関係なのか。ちゃんとＰＣＲ検査を受けたのか。どこからやってきたのか。目的は何か。いつまで滞在する予定なのか。

不安に駆られた村民たちは田山村長宅に押し掛け、矢継ぎ早に質問を浴びせたらしい。田山村長は、吹邑が麻宮の知人である以外は事情を知らないこと、ただし事前にＰＣＲ検査を受けて陰性であるのを告げられた経緯を説明した。

陽性反応が出ないのであれば吹邑を怖れ嫌う理由はないはずだったが、新型コロナウイルスと人死にの連続で疑心暗鬼になっている村人の中には理屈が通らない者が少なくなかった。

その急先鋒はやはり草川康二と菅井時彦だった。例のごとく麻宮宅を遠巻きに眺めて密談を交わしている場面を、敏夫や緋沙子が目撃している。

そして今日は裕也が現場に出くわした。緋沙子の頼みで隣町に買い出しに行く途中、康二たちに呼び止められたのだ。

「待てよ、おい。ちょっと話していかないか」

こちらの手首を捉えた腕は「ちょっと」の話で済みそうにない力だった。

「向かいに住んでいるお前なら少しは知っているだろ。あの吹邑ってのはどんなヤツだよ」

康二の目は異様な光を放っている。草川老人が死体で発見された時から徐々に常軌を逸し始めていたが、最近ではすっかり麻宮憎しの目に変わっている。

「どんなって、あまり見かけてないから」

「あまりってことは、何回かは見ているんだろ。ふた言み言くらいは言葉を交わしてるんじゃないのか」

「小柄で眼鏡を掛けていることくらいしか」

「そんなのは俺たちだって知ってる。知りたいのは、麻宮とどういう関係で、いつまでいるかだ。答えろ」

手首を握る力がきりきりと増していく。野良仕事で鍛えた腕力は相当なもので、裕也は悲鳴を上げそうになる。

「大学時代の友人だよ」

「ふん、同窓生か。で、いつまでいるんだ」

「本人たちにも見当がつかないって言ってた」

「本当か」

「ただ近所というだけで、そんなに詳しい話をするもんか」

康二の顔に癇癪が浮かぶが、意外にも手首の締め付けが緩くなった。

「確かにやってきた一日目に、手前の都合をぺらぺら喋るヤツも珍しいか。でも、何か話を聞く機会があったら洗いざらい聞いておけ。そして一部始終を俺に話せ」

お前の命令に従う義理がどこにある。面と向かって言ってやりたかったが、すんでのところで別の台詞が口をついて出た。

「村長さんの話だと、吹邑さんもＰＣＲ検査の結果は陰性だったらしいじゃないか。なのに、どうして警戒する必要があるんだよ」

「あいつらが出してくる証明書なんて何一つ信用できるか」

違う。信用できるかできないかではない。

理由は何でもいいのだ。ＰＣＲ検査で陽性だろうが、日頃の行動が胡散臭かろうが関係ない。とにかく自分たちと毛色の異なる者を一刻も早くテリトリーから追い出したいだけなのだ。麻宮が指摘した通り、異物さえ排除すれば平穏が訪れると何の根拠もなしに信じているのだ。

康二たちの無学、反知性を嗤うつもりはない。唯々、村に根付く排他性が情けなく呪わしい。

「さっさと行っちまえ、クソガキ」

康二に追い払われるようにして、裕也はその場から立ち去った。

胸の中に黒い澱が下りていた。

2

康二に絡まれた翌朝、裕也は自室の窓から通りを眺めていた。

裕也の部屋は道路に面しているため、窓からは表の様子が一望できる。あまりいい趣味とは言えないが、ここからなら麻宮宅の人の出入りが手に取るように分かる。

両親から麻宮には接触するなと厳命されているので、彼の動向を知るにはこうして盗み見るより他にない。あるいは康二たちが麻宮宅に何らかの暴挙に出たら、真っ先に通報することができる。言い訳でしかないが、自分は麻宮の私設警備員を自任している。麻宮宅の監視は警備活動の一環だと言い聞かせている。

麻宮宅の玄関から吹邑が姿を現したのは午前八時を過ぎた頃だった。吹邑はキャリーバッグを引き摺っているが、前日とは違う靴を履き村の出口とは逆方向に歩き出したので帰るつもりではないらしい。

しばらく観察していると、吹邑は脇目も振らず目的地を目指しているようだった。

裕也は自室から抜けると、緋沙子には何も告げずに玄関から出た。念のために通りを見渡したが、吹邑以外の姿はどこにも見当たらない。

だが念には念を入れるべきだ。裕也は吹邑から距離を空けて跡をつける。幸いにも尾行を続けても尚、道往く者も吹邑を監視している者もいない。人口の少なさを感謝する数少ない場面だった。

跡をつけているうちに吹邑の行き先におよその見当がついてきた。

鬼哭山ではないのか。

果たして吹邑は鬼哭山に通じる脇道へと入っていく。一本道だから目的地はそこしかない。

それにしてももと思う。

先日も感心したものだが、吹邑は腕力だけではなく健脚でもあるようだ。キャリーバッグを引いたまま、急勾配の山道をすいすいと上っていく。裕也も近隣の山を上り慣れているから山道の歩き方を熟知している。傾斜のある道を上っているとつい地面に視線がいく。自ずと猫背になり、その姿勢では疲労が溜まりやすくなる。だからなるべく上体を起こし、視線を前に向けるよう心がける。こうすれば猫背にならないし、頭の天辺から足の先までが一直線になって骨格だけで身体を支えられるために無駄な力を使わなくて済む。

吹邑の歩き方はまさにそのお手本だった。本人が告げたようにフィールドワークとやらで肉体を鍛えているというのは本当らしい。

やがて吹邑は山の中腹に至り、ビニールハウスが並ぶ場所まで辿り着いた。裕也は辺りを見回したが、彼以外に人影はない。

安心して近づくと、すぐに吹邑が気づいた。

「ああ、君でしたか」

「おはようございます。偶然ですね」

「偶然とは思えないのですけどね」

吹邑は意味深に含み笑いをする。

「……偶然ですって」

「天木家の畑は逆方向で、ましてや山にはなかったはずですけど」

「どうして、そんなことを知っているんですか」

「法務局で調べました。姫野村一帯の不動産所有者を。この山に裕也くんが家業を手伝う場所はありません。夏休みに近所の山野を駆け巡るという解釈は至極牧歌的でよろしいのですが、中学生の行動としてはあまりそぐわない。麻宮の話によれば、君は彼にとても興味があるようだから、彼の客であるわたしにも少なからず関心がある。関心の対象であるわたしが朝のうちから村をうろついていたら、どこで何をするのか気にもなる」

「考え過ぎですよ。それじゃあ僕が吹邑さんを尾行していたみたいじゃないですか」

「麻宮の家の玄関は君の家の二階から丸見えだから、わたしが家を出る瞬間も確認できたはずです」

二の句が継げなかった。

吹邑はこちらの動揺を知ってか知らずか、片手をひらひらと振ってみせる。

「いや、冗談冗談。君が会ったばかりの中年男に興味を持つなんて、あるはずがないだろうから」

「……でも、僕は退散した方がいいんですよね」

「君がどこで何をしようが、何を観察しようが自由ですよ。わたしの作業の邪魔にならない限りは」

吹邑は腰のポケットからスマートフォンを取り出し、辺りの風景を撮影し始めた。ビニールハウス、山肌、岩盤、洞穴、下草、杣道、そして上空と、とにかく視界に入るもの全てを写真に収めているらしい。何と、裕也にまでレンズを向けてきた。

「Say, cheese」

「いや、僕を撮ってどうするんですか。てか吹邑さん、いったい何を撮ろうとしているんですか」

「鬼哭山を撮っているんです。そうは見えませんか」

吹邑はこちらの質問を軽く聞き流し、尚も周囲の風景を撮り続ける。

「こんな山を撮って、何かいいことでもあるんですか。鬼哭山なんて呼ばれていますけど、本来は名前もないような貧乏臭い山ですよ。珍しい植物が生えている訳でも、見晴らしがいい訳でもない」

「相変わらず、自分の故郷に手厳しいんですね」

吹邑はレンズから目を離さずに喋り続ける。

「もちろん世の中には観光地にされたり名山と謳われたりする山もありますが、だからと言ってそれが絶対的な価値とは言えません。私見を言わせていただければ、どんなにみすぼらしくても、それが自然物というだけで充分価値はあるのですよ」

「そんなものですかね」

「生まれた時から自然に囲まれた生活をしていると、なかなか有難味には気づかないのですよ。第一、君は本当に姫野村を嫌っているのか、一度自分で確かめた方がいいかもしれません」

「僕が姫野村を嫌っていないっていうんですか」

「裕也くんが嫌っているのは姫野村ではなく、そこに住んでいる人ではないのですか」

裕也は言葉を失う。

正鵠を射るというのは、このことだろう。今まで漠然としていた気分を明確な言語にしてくれたようだった。

「土地の印象というものは、そこに住んでいる人間の印象に紐づけされている面が否めません。だから一度は自身の考えを精査する必要があります。自分の考えを誤認したままだと、間違った行動を選択しかねません」

きっと大事な警句なのだろう。だが今の裕也にはその意味も価値も測りかねた。

「さてと」

ようやく納得した様子でスマートフォンを目の高さから下ろすと、今度は足元に転がしていたキャリーバッグを開き始めた。中から現れたのはプロペラのついた筺体（きょうたい）だ。

「吹邑さん、これって」

「何かで見たことあるでしょう」

テレビやＹｏｕＴｕｂｅでは何度か見たが、現物にお目にかかるのは初めてだった。

ドローンだ。

吹邑は慣れた手つきでドローンを取り出し、再びスマートフォンを操る。二、三度画面をタップしたかと思うと、プロペラが静かに回転し始め、ドローンはゆっくりと上昇を始めた。

そのまま水平移動し、裕也たちの頭上を旋回していく。

裕也はその動きをとても優雅だと思った。空中を左右上下に音もなく滑っていく。その様はまるで空に浮かぶアメンボのようだ。

「操縦、上手いですね。講習か何かを受けたんですか」

「取説と、あとは試行回数。最初のうちは操作に戸惑ったし、墜落もさせた。これは二台目なのです」

「でも、どうしてドローンを飛ばしているんですか」

「目の高さからでは気づかない部分が結構ありますからね。その点、鳥瞰というのはまさしく神の視座で様々なことを教えてくれます。ほら、ご覧なさい」

差し出されたスマートフォンの画像を見て息を吞んだ。

見飽きていたはずの鬼哭山がまるで別の場所に思える。鳥瞰ながら高低差も克明に映し出されている。流れていく光景を見ていると、全身に風を受けているような錯覚に陥る。

いつも鳥はこんな景色を楽しんでいるのかと思うと、嫉妬心が湧いた。

鳥は自由で羨ましい。誰の指図を受けることもなく、自由気ままにどこへでも飛んでいける。地域も国境も簡単に越えていける。

「……いいなあ」

「そんなに高価なものではありません。これからどんどん低価格化するので、近い将来子どもの小遣いでも買えるようになるでしょう」

何を勘違いしたのか、吹邑はこちらが羨ましいと感じたのを金銭的理由と受け止めたらしい。

「別にドローンが欲しい訳じゃないです」

「おや、そうでしたか。これは失礼。でも、もし鳥が羨ましいと思ったのなら、ちょっと認識が甘い」

「どうしてですか」

「空にも天敵は存在するし、高く飛べば飛ぶほど墜落時のショックは大きい。自由というのは保護されないということと同義なのですよ」

吹邑は嫌いではないが、説教めいた物言いが少し癪に障った。

「経験談っぽいですね」

「自分を含めて、大学で教えているとそういう実例に何度も立ち会う羽目になります。元々自治が認められたキャンパス内というのは縛りのほとんどないモラトリアムです。そういう楽園から一転、社会に投げ出されて駆逐される卒業生の多いこと多いこと。地元に帰って就職するなり家業を継ぐなりしていればまだよかったのに、高望みして留年した挙句バイトにしかありつけない。運よく正社員に採用された卒業生も、自分以上に適応能力を持つ同期の存在に自己肯定感を打ち砕かれ、ヤケクソ気味に会社を辞めてしまう」

「身の程を知れっていう教訓ですか」

「とんでもない」

吹邑はやんわりと否定する。

「教育者が若者の希望を蔑ろにするようなことを言うものですか。ただ物事には準備と覚悟と割り切りが必要だと言っているのです。その三つを揃えずに大空に飛び立つのはあまりに無謀と言えます。もっとも、無謀こそが若者の証明でもあるのですけどね」

「よく分かりません」

「今はまだ理解できなくても構いません。いずれ、嫌でも思い出す時がきます」

ドローンは更に上昇して豆粒ほどの大きさになる。あの位置からなら姫野村全体が一望できるかもしれない。

「これ、調査のためにやってるんですよね」

「はい？」

吹邑は初めて間の抜けた顔を見せた。

「いや、だから麻宮さんが着せられた濡れ衣を晴らすために、この村にやってきたんでしょ」

「何か大きな誤解が生じているようですね。麻宮に何かの容疑がかかっているのですか」

「いえ、別に警察からマークされているという話じゃないんですけど」

裕也は鬼哭山に伝わる祟り話と、理由なく麻宮が村人から祟りの元凶のように疑われている経緯を説明する。じっと聞き入っていた吹邑は、説明が終わると憮然とした表情になった。

「何というか非論理の極北にある話ですね。彼からは村の人は友好的ではないとだけ聞かされていますが、まさか祟り神に祭り上げられていたとは」

「調査じゃないんですか」

「警察でもないのに、どうしてそんなことに首を突っ込まなければならないのですか。わたしはただ興味深い研究対象があると聞いたから馳せ参じただけですよ」

吹邑の顔色からは嘘を吐いているように思えない。では、あくまで祟りや草川老人の死とは無関係に訪れたということなのか。

「そんなに興味深い対象ですか、この村が。僕には退屈でしかないんですけど」

「いえ、誠に興味深い。巌尾利兵衛の祟り話を聞いた後では尚更です」

「非論理の極北じゃなかったんですか」

「非論理に至る過程が興味深いのです。妖（あやかし）、人魂、狐憑き。古来より伝わる超常現象のほとんどは現代科学によって説明がつきます。説明がつかない現象は、まだ現代科学が説明可能なレベルに達していないというだけのことでしてね。説明可能な現象であるにも拘わらず、どうして人は祟りや呪いで片づけてしまうのか。その根底には人間の原初的感覚と恐怖心が根付いている。文化人類学を研究している人間には格好の材料だろうなあ」

「吹邑さんは違うんですか」

「わたしの研究は、より再現性が求められるのです」

「再現性って何ですか」

「要するに観察や実験を何度繰り返しても同じ現象が確認できるということです。しかし、それにしても麻宮が祟り神にされるとは」

吹邑はくすくすと笑い出す。

「何か可笑しいですか」

「裕也くんは彼をどう思いますか。もちろん麻宮が陰陽師のごとく秘術を使って、件の老人を呪い殺したなんていうファンタジーは論外として、村に災厄をもたらして嬉々とするような人間でしょうか」

改めて麻宮の言動を思い返してみる。皮肉屋で冷徹な面が垣間見えるが、苦境に立たされた者を嗤うような残虐さは感じなかった。

「そんな人だとはとても思えません」

「ええ、わたしもそう思います。麻宮というのは学生の頃から寸鉄人を刺すようなところがあって、友人が多いタイプではなかった。言葉の端々がキツいのでむしろ敵の方が多かった」

「あ。それ、何となく分かります」

「いささか不人情なところも散見されました。しかし決して理屈として間違ったことは言わなかった。倫理を著しく逸脱する発言もなかった。だからこそ軽いノリや悪ふざけをモットーとする連中には煙たがられたのですけどね。今でも付き合いが続いているのは、彼の正しさに惹かれたからだと思っています」

なかなかに心温まるエピソードだが、裕也は鼻白む思いでいた。

果たして吹邑は、祟りの元凶である巌尾利兵衛と麻宮が瓜二つであることを知っているのだろうか。

酷似した二つの顔。その事実がある限り、麻宮が災いの中心にいることを完全には否定できない。

吹邑に事実を告げたら、いったいどんな顔をするだろうか。悪戯心にも似た好奇心が不意に頭を擡(もた)げてきたが、思い止まった。

あれは爆弾のようなものだ。誰かに伝えた瞬間、麻宮にも姫野村にも衝撃が及ぶ。巌尾利兵衛と麻宮の関係が判明するまでは不用意に口走ってはならない。裕也にもその程度の分別はある。

「いずれにしても麻宮が考えていることと、わたしが姫野村を訪れた目的は違います。裕也くんも変に気を回すより自分の時間を大切にしてください」

「野良仕事を手伝っていても、夏休みって結構することがないんですよ」

「羨ましい。そういう時間を満喫できるのは、まさに今だけです。君がモラトリアムのさなかである証左なのですよ」

吹邑の操るドローンは尚も滞空したまま裕也を見下ろしていた。

3

吹邑の言ったことは外交辞令でも何でもなく、鬼哭山上空にドローンを飛ばした後も麻宮宅に滞在し続けていた。

『もし長引くようなら、また買い足せばいい。電波が圏外でも宅配業者は来るのだろう。だったら通販で充分事足りる』

それもまた言葉通りで、早速二日後には麻宮宅前に宅配業者のトラックが大量の荷物を置いていった。目撃した者の話によれば、板状の梱包が十個以上と他に机ほどの大きさの箱が三個ほどあったという。

『まるであの家を増築しそうな分量だったなあ』

すると父親の敏夫は夕食の席で毒づいてみせた。

「まったく、あの疫病神が。いくら自分の家だからって好き放題していい訳じゃないぞ」

中学生の裕也にもそれがとんでもない屁理屈であるのが分かる。京都のような風致地区でもあるまいし、どうして自分の家の造作を替えるのに他人の許可が要るのか。

以前よりも父親の言動が素直に頷けなくなった。麻宮が引っ越してきてからは特にそうだ。理屈として根拠がない上に、古臭くて高圧的だ。せめて食事時にはやめてほしいと思う。親の屁理屈を聞かされながらの食事は、まるで砂を噛むようだった。

「でも今頃になって増築するなんて。どうせなら引っ越しする前にしておけばいいのに」

緋沙子の言い分の方がまだしも常識的に聞こえる。

「ふん。引っ越したはいいが、今になって家の狭さに辟易して増築に踏み切ったんだろ」

「それよりさ、二人でずっと住むつもりじゃないかしら。それなら増築する理由にも納得がいくし」

「冗談じゃないぞ」

途端に敏夫が語気を荒らげた。

「余所者一人でも持て余しているってのに、この上また一人増えるのかよ」

次第に裕也は呆れてきた。吹邑が同居するというのはあくまで緋沙子の推論に過ぎない。根拠のない推論に一喜一憂するのはひどく馬鹿げている。無教養と罵られても仕方がない。

ただ一方で、届けられた荷物に興味津々なのは裕也も同じだった。荷物の中身はまず間違いなく吹邑が取り寄せたものだ。板状の梱包が十個以上と他に机ほどの大きさの箱が三個ほど。中身を想像するだけで好奇心が刺激される。あの吹邑のことだからドローンに負けず劣らず面白いものに違いない。

「この調子だと、麻宮の仲間たちがどんどん増えていくかもしれん。そうなる前に何とか手を打たないといかん」

敏夫の根拠のない繰り言は尚も続く。

「そう言や、伏原の親爺が高熱出したらしいじゃないか」

「わたしも聞いた。症状を聞けば聞くほどコロナっぽいっていう話だった」

「伏原の親爺が麻宮の客に話し掛けられたそうだ」

裕也には心当たりがある。吹邑が銀行ＡＴＭのある場所を求めて、道往く人に尋ねていたあの時かもしれない。

「それでコロナに罹ったんなら、あの男が陽性だったに違いない。そうなると、感染者は伏原の親爺だけじゃ済まなくなる。きっと三人四人と増えていく。麻宮も客も村に迎えるべきじゃなかったんだ。俺だけの意見じゃない。村を心配しているヤツらは、みんなそう言っている」

裕也はなるべく父親と目を合わせないようにしていた。

翌日、例によって裕也は人目を忍んで麻宮宅を訪れた。来客のいる家に対していささか気安過ぎるかと思ったが、好奇心が遠慮を上回った。

「裕也です」

インターフォンに向かって名乗ると、間もなくドアが開けられた。

「やあ。しかし裕也くん。折角来てもらって何だけど、今、家の中が取っ散らかっていてね。碌なお構いができない」

その取っ散らかっている状態を見たいのだが、あからさまには言えない。

「先日、吹邑さんにドローンを飛ばすところを見せてもらって、すごく楽しかったです」

「何だ、俺じゃなくて吹邑に用事があったのかい」

「いえ、あの、用事っていうほどじゃないんですけど」

「おい、吹邑。お前にお客さんだ」

麻宮が奥に向かって呼び掛けるが返事はない。

「悪い。作業に熱中すると周りが見えなくなるヤツでね。無視されても腹が立たないのなら入ってくれ」

言葉に甘えて土間に足を踏み入れた瞬間、裕也は度肝を抜かれた。

普段は部屋を仕切っている襖が取り払われて、奥の部屋まで見渡せる。ただしそこはもはや人の住める場所ではなかった。

六畳間をほぼ占領するかたちでアクリル板の囲いができている。四方のアクリル板の高さは一メートル半以上もあろうか、小柄な吹邑が立てば頭が隠れてしまう。だが圧巻なのはアクリル板の城壁よりも、その中に展開されている内容だった。

囲いの中でTシャツ短パン姿の吹邑が、汗だくになりながら泥と格闘していた。いや、あれは泥ではなく、色からすれば粘土のように見える。部屋の中は粘土と汗の臭いが渾然一体となって、お世辞にも居心地がいいとは言い難い。

裕也が近づいても吹邑は気配も感じない様子で作業に没頭している。彼が粘土を捏ねて作っているのはどうやらどこかの山らしいが、傍から見ればいい歳の大人が粘土遊びに興じているようにしか映らない。

だが部屋の壁に所狭しと貼られている写真を見れば、吹邑が至極真面目な態度で研究に臨んでいるのが分かる。

写真は、先日吹邑が鬼哭山の中腹で撮影したものだった。してみれば吹邑が粘土塗れの手で製作に励んでいるのは鬼哭山のミニチュアに相違ない。

「それ、鬼哭山ですよね」

声を掛けられても、吹邑は相変わらずの熱中ぶりで耳に入らない様子だ。いつの間にか裕也の横に立っていた麻宮が、苦笑を浮かべながらアクリル板を叩く。

「客だよ、吹邑」

五回目でようやく吹邑は裕也の存在に気づいたようだった。

「ああ、裕也くんではないですか。いったい、どうしたんですか」

「どうしたも何も、少し前からずっといましたよ。それ、鬼哭山のミニチュアですよね」

「正確にはそうじゃない。ほら、これをご覧なさいよ」

吹邑は自分の足元を指す。見れば山の麓には民家のミニチュアが配置されて集落を形成している。説明されずとも分かる。これは鬼哭山のみならず、姫野村全体のミニチュアなのだ。

「ミニチュアというよりはジオラマだよね。鬼哭山だけでは検証するにしてもデータが不足する」

「鬼哭山は吹邑さんの自作だとして、民家のミニチュアも手作りなんですか」

「これは市販の製品。取りあえず実際の配置を俯瞰写真の通りに再現しただけで、個別の家屋の造作には配慮していない。階数や床面積の違いはこれから修正していくつもりだけど、それじゃあまだ足りない」

次に吹邑は山のミニチュアに向き直る。

「現状、これはミニチュアなんて呼べる代物じゃない。ただ粘土を山のかたちに捏ねただけのものだ」

「それじゃあ駄目なんですか」

「わたしと一緒に登った君なら分かるでしょう。そもそも君は鬼哭山の麓で生まれ育ったのだから。山には草木が生え、沢には川が流れ、窪みがあり、洞窟があり、岩肌がある。あの山はそうだったでしょう」

「まさか実際に茂っている林や下草まで再現しようっていうんですか」

「そうでないと意味がないからね」

「いったい、吹邑さんは何をしようとしているんですか」

「だからですね、姫野村の精巧な縮尺模型を作りたいのですよ。正確であればあるほど、精巧であればあるほど望ましいですね」

そこまで細かい作り込みをするとは想像していなかったので、驚くというより呆れた。ＹｏｕＴｕｂｅでプロのモデラーが自作のジオラマを披露している動画を見たことがあるが、吹邑はそれを目指しているのだろうか。

「難しいのは樹木の植え方なんです。密過ぎても粗過ぎてもいけない。実際の鬼哭山を再現するためには水源の位置から確認しないといけません」

吹邑は貼り出された写真とモニターに映し出された画像を交互に眺めながら、ヘラで山肌に筋を彫っていく。どうやら沢を作り始めたようだ。

作業を再開した吹邑は、もう口を噤んでしまった。地震が起きても気づかないほどの集中力でジオラマに向かっている。

「もう、会話は困難だな」

麻宮が裕也の肩に手を置いた。しばらく静観していろとの合図だ。

「全く、集中し始めると自分一人の世界に没入するんだから。こういうところは学生時分のまんまだ」

「吹邑さんが精巧なジオラマを作ろうとしているのは分かりましたけど、その目的が全然見えません」

「目的を聞いたところで、あいつの行動全てが理解できるとは限らないけどね。らしいとは思うけど」

「らしい、というのはどういう意味ですか」

「ああ見えて、吹邑というのは研究者として大学関係者から相当に信用されている。どういう点で評価されているのかというと、再現性が確認されない限り、不確かな仮説や当て推量は口にしないからだ。期待値や都合のいい情報だけで客を煽っている俺とは信用の尺度が違う」

己の仕事を卑下する麻宮を弁護しようとしたが、それより早く本人がこう付け加えた。

「だから株屋は早い決断を迫られる。一方、学者はなかなか結論を出そうとしない。性急な結論で皆を誤導するよりは、何も喋らない方がいいと考えている」

「じゃあ、吹邑さんもなかなか全部を話してくれそうにありませんね」

「待てば必ず何らかの結論を出すヤツだから。とにかく待つことだよ」

「でも、この村にはゆっくり待つことのできない大人がとても多いんですよ」

「どういうことだい」

裕也は村の感染者増加を吹邑の出現と結びつける者たちが存在すると告げる。さすがに自分の父親がそうだとは恥ずかしくて言えなかった。

「ふん。吹邑の話じゃ碌に口も利いてくれなかったそうじゃないか。その程度の接触でコロナが感染するなんて本気で信じているのかね」

「本気じゃないと思います」

「とにかく俺たちが胡散臭くないと、収まりがつかなくなっているのかな。まるで陰謀論のサンプルを見せられている気分だ」

「陰謀論、ですか」

「姫野村に限った話じゃない。陰謀論てのは一番安く手に入る精神安定剤且つ栄養剤だから、世の中がこんな風に不安な時には躊躇なく飛びつきやすい」

麻宮に誘われて裕也は居間に戻る。

「いつでもどこでも陰謀論に躊躇なく飛びつくヤツは無定見で思慮が浅い。そして思慮の浅い人間は他人に煽動されやすいし、軽挙妄動に走りやすい。要するに暴動に走りやすいのが、このタイプだ」

「無定見で思慮が浅いって、つまり馬鹿って意味ですよね。それって少し言い過ぎのような気もするけど」

「今もSNSで反ワクチン論者がワクチン推進に反対しているのは知っているかい」

「はい、タレントがツイッターでワクチンを接種したとか呟くと、すぐ批判的なリツイートしてますよね」

「興味深い実例があってね。国内の医療関係者がエビデンスに基づいた資料を提出してワクチンの効果を訴えると、彼らは執拗に揚げ足を取って決して放っておかない。ワクチンの有効性を認めるのは自己否定につながるからだ」

「それは分かる気がします」

「ところが、全く同じ内容の資料を英文のまま公開しても、彼らは一切反応しないんだよ。ひどい言い方になるけど、おそらく彼らの多くは英文の読解力すらない。相手の主張を理解しようとする努力も器量も持ち合わせてない。更にひどい言い方をすれば、彼らは無学で無教養だから陰謀論に引っ掛かりやすいという仮説も成り立つ」

姫野村の者が麻宮や吹邑を病原菌のように扱うのは、村民たちが無学で無教養だからという論旨だろう。本来なら同じ村民の裕也は反論するべきだが、麻宮の弁に一も二もなく頷いてしまう。

無学で無教養な人間は他人の言い分を理解しようとしない。ひどく辛辣な物言いではあるが、敏夫や康二たちを見ていると不愉快ながら納得できる。

父親の言動を目の当たりにしているから、そうした人間たちの心理も理解できる。とにかく熟考するのが苦手なのだ。広範な資料を集め、公正な視点で物事をジャッジするのが面倒で仕方ないのだ。だから己が気持ちよく受け容れられる解釈に縋りつきたくなる。

裕也にしても自分がそれほど賢いとも思慮深いとも思っていない。だが、敏夫たちのように気分や狭量な世知で判断するのが滑稽であるのは分かっている。

「こんな話を聞かされて、君も気分が悪いんじゃないのか」

「いえ」

「姫野村住民の悪口は言いたくないが、こうも白眼視されているといい加減嫌にもなってくる。これは反省するべきかな」

「麻宮さんたちに落ち度なんかありませんよ」

「落ち度は関係ないよ。多分ね」

その通りだと思った。姫野村の人間は麻宮たちの職業や生活態度や立ち居振る舞いが理由で排斥しようとしているのではない。

姫野村の人間ではなく、余所者であることが理由なのだ。職業や生活態度云々は全て後付けの理由に過ぎない。

ふと裕也は、自分が何故麻宮たちに惹かれるのか理解できたような気がした。

二人が醸し出す都会的な印象よりも、因習や無知とは絶縁された合理性が魅力なのだ。姫野村に合理性はない。あるのは前近代的な権力の構図と少しずつ滅びゆく者たちの悪足掻きだけだ。

「僕、今日という今日は本当に村が嫌になりました」

一瞬、麻宮は驚いた表情を見せた。

「まさか今の話に影響されちゃったのかい」

「元からこの村が好きじゃなかったんです。麻宮さんの話を聞いて、どうして嫌いだったのかが自分で分かったような気がします」

「うーん」

意外にも麻宮は困惑しているようだった。

「だとしたら君には申し訳ないことをした」

「どうして」

「俺や吹邑が姫野村をどう捉えようが勝手だが、現に住んでいる人間に妙な影響を与えるのは本意じゃない」

「よく分かりません。麻宮さんのお蔭で今まで見えていなかったものが見えたから、僕にとってはいいことなんですけど」

だが麻宮の表情は冴えない。

「他人に影響を与えるなんてすごいことだと思います」

「全然すごくない。影響を与えるのがすごいというのなら、陰謀論を披露して皆を煽動するヤツもすごいことになる。フェイクニュースの発信者や演説の上手い独裁者は決して英雄じゃない。ただのペテン師だ」

「麻宮さんや吹邑さんはペテン師じゃないです」

「君に与える影響が同じなら似たようなものさ」

麻宮は正面から裕也を見据えた。麻宮とはずいぶん色んな話をしてきたが、こんな風に切なそうな顔を見せるのは初めてだった。

「自分の故郷を憎むのは全然構わない。いくら邪険にしたっていい。かく言う俺が、生まれ故郷に後ろ足で砂を掛けてきたようなヤツだからな。だけど、そこに他人の思惑や主張を絡めない方がいい」

「どうしてですか」

「後悔するからさ。他人から吹き込まれた情報で意思決定したことは、なかなか覆せない。たとえそれまでの考えが間違っていたと気づいても、いったん自分で決めたことだから自己否定するようで怖いんだな。本当に自由意志で決めたのならまだしも、他人に流された結果だとしたら悔やんでも悔やみきれない」

　麻宮が真剣に諭してくれているのは分かるが、いつもと違って言葉が胸に落ちてこない。ただ頭の中をぐるぐると回っているだけだ。

「すみません、よく分かりません」

「今はまだ理解できなくてもいい。だけど、俺が言ったことを忘れないでくれ。何かの折に思い出してくれれば、俺の罪悪感も少しは軽減する」

　依然として麻宮が何を心配してくれているのか見当もつかないが、一応は軽く頭を下げた。

「ところでもう一つ気になることがある。村でコロナ感染者が急増している話はどこまで本当なのかな」

「毎日、村役場から有線で広報が入るんですけど、麻宮さん家には来てないんですか」

「引っ越し当初は通じていたけど、数日したら端末がうんともすんとも言わなくなった。故障かと思って調べたら、家の外でケーブルが切断されていた」

「ひでえ。完全に嫌がらせじゃないですか」

「まだ穏便な部類かな。窓から投石されるよりは怪我をしない分だけマシだ」

「昨日時点で村の感染者数は十五人になりました」

「十五人か」

麻宮は少し深刻そうに呟く。数字だけ捉えれば大したものではないが、人口三百人程度の姫野村では全体の五パーセントにあたる。

「東京都民千四百万人に換算すれば七十万人が感染したことになる。なかなかどうして大した割合だよ。村役場や村長の青ざめた顔が目に見えるようだ」

「村役場や村長ならまだ安心できます。普通に常識がある人たちだから」

「その他常識のない連中は何をするか分かったものじゃない。そういうことか」

「感染者数が増えていない時点でケーブルを切られてるんですよ。ちょっとは警戒心を持ってください」

「警戒心は抱いているさ。吹邑を呼んだのも、一つはそれが理由だったりする」

「用心棒代わりだったんですか」

「一緒に山登りしたなら、もう知っているだろ。あいつ、見かけによらず体力自慢、腕力自慢なんだよ。学者は学者でもガチムチ系。吹邑さえよければ、学生時分の武勇伝を話してやってもいいぜ」

吹邑の武勇伝には興味がそそられたが、本人が嬉々として語らせるとも思えなかった。

「まさか闇討ちや放火にまでは及ばないだろうからさ。その辺は高を括っている」

「もっと慎重になった方がいいと思います」

つい言葉に力が入る。

「くれぐれも油断しないでください。いざとなったら何をするか分からない連中もいるんだから」

「ご忠告、痛み入る」

まるで本気にしていない口ぶりだったので、再度の注意喚起をしようとしたその時、奥から吹邑の声が飛んできた。

「おーい麻宮、ちょっとこれ見てみろ」

「何だよ」

麻宮と一緒に裕也も移動する。アクリル板の囲いの中、吹邑が見入っていたのはモニターに映し出された天気図だった。

「フィリピン沖に台風の卵がいくつか発生している。日本に上陸する確率が高い。最近、フィリピン沖の海水温が軒並み三十度を超えている。台風が発生するには充分な条件だからな」

「今年はいやに多いじゃないか。台風だけじゃなく豪雨も例年より多い」

「フィリピン海から太平洋高気圧の縁を流れてくる暖かく湿った空気が強まって、これが西から流れるインドモンスーンの暖かく湿った空気とぶつかって大量の水蒸気を南西から送り込んだ。雨雲が発達するには、うってつけの状況だよ」

何故か吹邑は嬉しそうだった。

4

コロナ感染者が十五人となった事実は、裕也の予想以上に村内を浮足立たせた。十五人という数字だけで捉えていた裕也よりも、五パーセントという割合で認識していた麻宮の洞察力の方が現実を見据えていたのだ。

世間では三密（密集、密接、密閉）を避けようとの動きが圧倒的になり、飲食店も営業時間の短縮を余儀なくされているらしい。らしいというのは、ここ姫野村では五人以上の「寄り合い」や集団での飲食がずっと継続していたからに他ならない。「寄り合い」というのは村の有志たちによる会合だが、はっきり言ってしまえばただの呑み会だ。

狭いコミュニティでは酒を酌み交わすことが娯楽の一つになる。そんなコミュニケーションはご免だと裕也は考えるが、娯楽の少ない姫野村の若い衆にはなくてはならぬ催事の一つだった。

その寄り合いを慎むようにと、村役場が通達を出してきた。村役場の通達は田山村長の口を経て命令へと格上げされる。村民の無軌道な行動で感染者が増えれば自身の管理責任が問われると危惧したのだろうが、若い衆にしてみれば唯一最大の娯楽を問答無用で禁止されたようなものだった。

田山村長の命令は法律に等しい。いや、場合によっては法律以上だ。だが娯楽を強制的に奪われた若い衆の恨み辛みは村長以外に向けられた。

「感染者数が急増したからって、どうして飲み食いまで規制されなきゃならないんだよ」

「酒ン中にコロナが入っている訳じゃあるまいし」

「要するに大声出さなきゃ済む話じゃねえかよ。それを」

「俺たちが飲み食いしなきゃ、村にたった一軒しかないコンビニが潰れるぞ。それでもいいのかよ」

「そもそも、いったいどこのどいつがコロナを村に持ち込みやがったんだ。東京から来たヤツらじゃねえか」

若い衆の恨み節が確たる根拠もなく麻宮たちに向けられたのは、やはり彼らの無知によるものだとしか思えない。

若い衆の不平不満を直接聞いたのは敏夫や緋沙子だった。丸一日野良仕事をしている敏夫と半日家事をしている緋沙子が二人とも聞き及んだというのだから、彼らの鬱積がどれだけ広範かが分かろうというものだ。

「とにかく若いモンがえらく反発している」

野良仕事から帰ってくるなり、敏夫は緋沙子に愚痴った。

「仕事もせず、村役場の通達に文句を垂れるばかりだ。今まではおとなしくマスクをしていたが、今日はしていないヤツもいた」

「マスクしたまま畑仕事をしていると暑いわ息苦しいわで、確かに能率が落ちるんだけどね。でも外しているとご近所の目があるし」

「あのままだと、馬鹿なヤツがきっと馬鹿なことをしでかす」

「馬鹿なヤツって誰のことよ」

「例によって草川ン家と菅井ン家の次男坊たちが先頭に立っているが、追随するヤツが少なくない。あいつら揃いも揃って馬鹿で血の気が多いから、下手したら暴力沙汰を起こしかねん」

散々、康二や時彦をこき下ろした後、敏夫はこちらに視線を移してきた。

「お前、もう麻宮の家には近づいていないだろうな」

しらばっくれようとした寸前、虫の知らせがあった。

一日中農作業をしている敏夫はともかく、買い物に出掛け近所付き合いにも余念のない緋沙子は、息子が麻宮宅に入り浸っているという噂を小耳に挟んでいるかもしれなかった。

だが緋沙子は裕也を一瞥して、後は知らぬ顔を決め込んでいる。

「行ってないよ。行くなって命令したじゃんか」

「それならいい。麻宮への風当たりは今まで以上に厳しくなる。とばっちりを受けたくなければ今後も絶対に近づくんじゃない」

麻宮を嫌っていた敏夫がここまで言うのだから、風当たりが強くなるというのはおそらく本当なのだろう。

これまでにも麻宮はスポーツカーを糞尿塗れにされたり、広報有線のケーブルを切断されたりしている。その二件にしても大した狼藉だと思うが、今後はもっと苛烈になるというのか。

「下手したら暴力沙汰になるって言ったよね。それこそ警察が出動するよ」

「出動するにしたって駐在は隣町にしかない」

敏夫の口調は冷徹だった。

「誰かが通報して駐在が到着する頃には暴力沙汰はとっくに終わっている。残っているのは痕跡だけだ」

熱の籠っていない物言いが尚更神経を逆撫でする。

　問題は、父親の予言が決して当てずっぽうとは思えないことだった。

『思慮の浅い人間は他人に煽動されやすいし、軽挙妄動に走りやすい。要するに暴動に走りやすいのが、このタイプだ』

　麻宮が放った警句と敏夫の吐いた言葉が恐ろしいほどの一致を見せた翌々日、早速事件が起きた。

「お父さんの予言、的中しちゃったみたいよ」

　起き抜けに掛けられた第一声がそれだった。

　慌てて玄関に走り、ドアを開けて麻宮宅を見やる。

　被害状況は一目瞭然で、道路に面する窓ガラスが全て割られていた。庭には麻宮と吹邑が立ち、腰に手を当てて建物の惨状を眺めているが、こちらから表情は窺えない。自分が声を掛ける訳にもいかず、しばらく二人の様子を見守った後、裕也は静かに玄関ドアを閉めた。

　食卓に座ると、緋沙子が溜息交じりに朝食を並べ始めた。

「あれ、もうれっきとした犯罪じゃん」

「ガラスを割った方は、きっとそう思っていないよ。誰だって自分のしていることが正しいと信じてやっているんだから」

「やった本人がどう思おうと、警察沙汰になるよ」

「警察なら、とっくに駐在さんがやってきたわよ」

「え。でも今、どこにも姿が見えなかったけど」

「いたのは十五分くらいかしらね。自転車で駆けつけたかと思ったら、すぐに帰っちゃった」

犯罪捜査について詳しくは知らないが、普通なら近隣住民から目撃情報を募るとか証拠集めをするだろう。駐在だけで足りなければ所轄署から応援がやってくるはずだ。それがないのは、駐在が事件に対して及び腰になっている証拠ではないのか。

「投石かな」

「普通に考えたらそうね。窓ガラスを割るのに一番手っ取り早いし、道端には手頃な石がごろごろ転がっているし」

「そんなもの、中にいる人間に当たりでもしたら怪我するよ」

「それでも構わないと思って投げたんでしょ」

突き放すような言い方で、緋沙子も困惑気味であると知れる。

「コロナ禍といい投石騒ぎといい、碌でもないことばっかり。早く元の姫野村に戻ってくれないかしらね」

裕也は幻滅した。

緋沙子は敏夫よりは常識があると信じていたのだが、どうやら買い被りだったらしい。コロナ禍も麻宮たちへの迫害も、都合よく消滅するはずがない。コロナウイルスは人から人へ感染し、麻宮たちへの迫害は無知からくる恐怖に根ざしている。どちらの恐怖も村民の行動様式が変わらない限り解決するはずがないではないか。

「……当分は無理だと思う」

「もう、色々疲れちゃった」

あんたはまだいいよ。

俺はこの先、半世紀以上は疲れたままでいなくちゃいけないんだぞ。


午前の野良仕事を終えてから、そっと麻宮宅を訪ねることにした。さすがに今日はいつもより村民の目があるので、大きく迂回して裏口から家に近づいた。

庭に出て気づいたが、憧れのスポーツカーも被害を免れていなかった。ウインドーと言わず車体と言わず、凹んだ跡が目立つ。襲撃者は窓ガラスだけではなくスポーツカーにも狙いを定めていたようだ。

「裕也です」

インターフォンに向かって告げると、すぐに玄関ドアが開けられた。

「家に上がるのは構わないけど、足元に気をつけなよ。まだガラス片が残っているから」

ゴム底の足袋でも用意すればよかったと後悔したが、もう遅かった。幸い室内は昼でも煌々と照明が焚かれていたので、ガラス片の在り処は一目で分かる。

ひどい有様だった。既に掃除されているはずだが、それでも掃ききれなかった無数のガラス片が畳の上で煌めいている。普通の掃除機では吸引力に限界があるのだろう。ガラス片を残らず取り除くには粘着テープが必要になる。

「二人とも怪我はなかったんですか」

「投石されても被害が及ばないよう、外からは死角になる場所で寝ていたからね。こちらだって最低限の警戒は怠らない」

「駐在さんが来たんですよね」

「被害状況の確認だけ。それもおざなり。あれは犯人を捜そうという態度じゃないな。いや、犯人は判明しているけど逮捕するつもりがないのかもしれない」

　麻宮の口が皮肉に歪む。

「それで麻宮さんは納得できるんですか」

「できる訳ないだろう。駐在さんが到着する前に山ほど現場写真を撮った。刑事事件にならないなら民事で訴えればいい。器物損壊罪は三年以下の懲役又は三十万円以下の罰金若しくは科料となっているけど、またしてもスポーツカーまで傷つけてくれたからね。損害賠償なら桁違いの金額を請求することになる。投石した連中には、そっちの方が痛いだろうねえ」

　転んでもただでは起きないのは、麻宮らしかった。

「因みに吹邑は納得云々以前の問題」

　麻宮の指差す方向に視線を移すと、ジオラマの傍らでアクリル板をせっせと切断していた。

「吹邑さん、何しているんですか」

「チップソーでポリカーボネート板を切っています」

　アクリル製だとばかり思っていたが、実はポリカーボネートだったのか。

「いや、それは見ればわかりますけど」

「割られた窓をそのままにしておけませんから。応急処置ですが、外側をポリカーボネート板で補強します」

「まだ犯人は捕まっていないんでしょう。また投石される可能性がありますよ」

「ポリカーボネートは透明プラスチックの中では最も衝撃に強く、防弾材料に使えるほどの硬度を誇ります。投石くらいじゃびくともしません」

何ともへこたれない人たちだと感心したが、一方では康二たちへの警戒心が募る。

「投石しても効果がないと知ったら、襲撃する側がますますヒートアップするかもしれませんよ」

「そうなれば籠城して闘うしかありませんね」

吹邑流のジョークかと思ったが、そもそも彼の冗談を聞いたことがない。再び作業に没頭し始めた吹邑に代わって、麻宮が話を引き継いだ。

「徹底抗戦するというのは別にジョークでも何でもない。こっちも無抵抗のままやられっ放しじゃ済まさない」

静かながら麻宮の口調からは好戦的な響きが聞き取れる。

「やってきた駐在の態度があんまりだったからね。吹邑と協議してこちらの対応を決めた」

「向こうは大勢いますよ、きっと」

「戦闘の趨勢（すうせい）は人数で決まるものじゃない。それに正当防衛という建前さえあれば、ある程度は手荒な手段も許されるし」

「手荒な手段って」

「邪悪さにかけてはクルマに糞尿ぶっかけるよりも上。危なさにかけては石っころを投げるよりも上。心理戦に長けた株屋と手先が器用な学者のコンビは、相当に手強いと思うよ」

確かに麻宮と吹邑が力を合わせれば康二たちの粗暴さを上回るかもしれない。だが、それで二人への迫害が収束するとも思えない。

「僕は村の若い衆を知ってますけど、返り討ちに遭って黙っているような連中じゃありませんよ」

「若い衆って、平均年齢はいくつくらいなんだい」

「五十代から六十代」

「はっ、それで若い衆なのか」

「村全体が高齢化していますから」

「まあ、一番面倒臭い世代ではあるなあ」

「説得とか交渉するとかの方法を考えたらどうでしょうか」

「その若い衆を知っている裕也くんに訊くけど、説得や交渉に応じるような相手かね」

裕也は康二と時彦の顔を思い浮かべてみる。強情で意地っ張り、声は大きいのに行動はみみっちい。上の世代を憎んでいるくせに、親の世話になっていて恥じようとしない。喧嘩はするが議論が苦手で、ふた言目には「細かいことなんかどうだっていいんだよ」と深く考えるのを拒絶する。

裕也の沈黙から察したらしい麻宮は、苦笑してこちらを見る。

「世の中には議論の通じない相手が存在する。同じ国民で同じ言語を使っていても、こちらの言うことを全く理解できない、理解しようとしない。残念ながらね」

「それは何となく分かります」

「もちろん話し合うことは大切だし、俺だって暴力を礼讃するつもりはない。だけど大前提である対話が不可能となったら、自衛手段は荒っぽいものにするしかない。対話を成立させるのは知性だからね」

反論は思いつかなかった。

「そんなに心配しなくていい。どうせここ二日くらい、彼らも俺たちにちょっかいを出している余裕なんてなくなるから」

「どうして」

「君も見ただろう。天気図を見る限り、この地方を豪雨が襲ってくる」


昔はよく外れたらしいが、裕也が物心つく頃から天気予報は大抵的中するものだった。今回も例に洩れず、フィリピン沖で発生した熱帯低気圧が水分を溜め込みながら中国地方に向かってきた。

八月二十五日は朝から鈍色の空が広がり、ぽつぽつと雨を落としていた。正午が近づくにつれ雨は次第に大粒となり、午後二時の時点で土砂降りに変わった。

二階の窓から外を眺めていた裕也は、柄にもなく篠突く雨という言葉を連想した。現代国語で習った単語をこんな時に思い出すのは、降り方がそれほどに激しいからだ。

未舗装の農道は雨に叩かれて、盛大に泥の飛沫を上げている。あのまま突っ込めば足首まで泥だらけになるのが請け合いだ。

アスファルト舗装の道路もただでは済まない。防水仕様ではないので、罅割れた箇所に容赦なく水が押し寄せていく。土壌に達すればアスファルト層を支えきれなくなり、雨が引いた後の地崩れが懸念される。

道路だけではない。農作物を生活の糧としている村民には田畑の状態は死活問題だ。いくら気象庁が「豪雨の最中は田畑や河川に近づかないでほしい」と注意を促したところで、溜め池や排水設備がちゃんと機能しているかを確かめずにはいられない。現に敏夫もビニールハウスの様子を見に外へ出ていったところだ。

だが裕也を含め、姫野村の住民が豪雨の日に何よりも怖れているのは鬼哭山の機嫌だろう。今日この日、鬼哭山は果たして哭くのか哭かないのか。人は死ぬのか死なないのか。

巌尾利兵衛の忌まわしい伝説は、草川老人の死によって完全に甦った。甦った伝説は単なる迷信から現実へと取って代わる。科学よりも言い伝えを信じる向きなら尚更だ。

空はいよいよ黒くなり、雨足はますます強くなる。雨音と飛沫の上がる音が協奏し、窓の外はオーケストラで騒がしい。表に出れば雨が肌に刺さるような勢いだ。

風も強くなってきた。雨を横殴りにし、窓を激しく叩く。麻宮宅は大丈夫だろうかと眺めれば、窓を覆ったポリカーボネートは見事にその役目を果たし、雨風を弾いていた。割れた窓をすぐに補修した吹邑の判断は正しかったと言える。

夕刻を過ぎ、遂に鬼哭山が哭いた。

おろろろろろおお。

おろろろろおお。

異様な呻き声に多くの村民が怯え、戸締りを頑丈にした。幼な子に限らず、頭から布団を被って震えた者もいたという。

結局この日の豪雨で用水路が溢れ、多くの田畑が水浸しとなった。しかし被害の最たるものは人的なそれに相違なかった。

翌朝、敏夫が死体となって発見されたのだ。

五　鬼の棲処（すみか）

1

敏夫を発見したのは裕也と緋沙子だった。暴風雨の収まった朝方、二人で捜索に出掛けて、その光景に出くわした。

敏夫の死体は自宅とビニールハウスの間にある用水路に横たわっていた。側溝ほどの幅しかないので、横たわるというよりも押し込まれていたという表現の方が妥当だろう。うつ伏せで顔は見えなかったが、着ている服ですぐに本人と分かった。

「あんたあっ」

緋沙子と裕也は慌てて駆け寄り、敏夫の身体を抱きかかえる。既に顔に生気はなく呼吸も停まっていた。

「あんたあっ、あんたあっ」

緋沙子は泣き叫ぶばかりで話し掛けても碌に反応しない。裕也も死体を前にして平静ではいられなかったが、それでも110番通報するだけの余裕があった。

往来では圏外になるので近くの家に飛び込んで警察を呼んでもらう。十分後に隣町の駐在が到着、県警の捜査員が臨場したのはそれから更に一時間後のことだった。

「岡山県警刑事部捜査一課の富士崎です」

彼から聞いて知ったが、富士崎は草川老人の事件も承知しているとのことだった。同じ村で起こった不審死ならむしろ当然なのだろう。

「ご主人は嵐の中を出ていった。しかし奥さんたちは朝方になって、ようやく探しに行った。それは何故ですか」

緋沙子は口籠る。夫に非情な妻と思われるのが不本意なのは、横にいる裕也にも感じ取れた。

「昨夜は仕方がなかったんですよ、鬼が哭いたから」

「鬼が哭いた。どういう意味だい」

「村には巌尾利兵衛の言い伝えがあるんです」

裕也が緋沙子に代わって巌尾利兵衛の祟りについて説明すると、途中から富士崎は手刀で話を遮った。

「ああ、その話は草川さんの事件を聴取している際、ご遺族から伺いました。しかし所詮は言い伝えでしょう」

「この村では違うんですよ」

裕也は懸命に説明を試みるが、どうせ村外の人間には通用しないだろうという諦めがある。

「実際、山から哭き声が聞こえたら人が死ぬという実例があるんです。最近は草川のおじいさんがそうでした。だから皆、家の中に閉じ籠っちゃうんです」

「確かに不審死が続いていることは否定しないけどね」

富士崎は不可解そうな態度を隠そうともしない。

「嵐がいよいよひどくなったらビニールハウスの中でやり過ごせます。昨夜もそうしているものだとばかり思っていました」

「スマホで連絡を取り合えばいい話じゃないか」

「姫野村は往来では電波が届かないんですよ。ましてや昨夜はあんな暴風雨だったし」

富士崎は憮然とした表情で、ゆるゆると首を横に振る。

「では昨夜、裕也くんもお母さんも家から出なかったんだね」

「お互い別の部屋にいたので監視し合っていた訳じゃないけど、お母さんはずっと家に籠っていました」

「これは形式的な質問だけど、村の中でお父さんを憎んだり恨んだりしていた人物に心当たりはないかい」

「少なくとも僕は聞いたことがありません」

敏夫が麻宮を疎ましく思っていた事実は黙っていた。

富士崎とともに臨場した検視官によれば、死因は溺死らしいとのことだった。体表面に残る数カ所の擦過傷は、用水路に嵌（はま）った時の傷でどれも浅かったのだ。

溺死かどうかの証拠は肺に入った水と用水路の水が一致するか否かだ。敏夫の死体は大学病院の法医学教室に移送されることとなった。敏夫の死体がなくなると、緋沙子はようやく泣き止んだ。だが泣き止んだからといって平常心を取り戻した訳ではなく、虚（うつ）ろな視線のままぶつぶつと何事か呟いている。

不思議なもので、緋沙子がまともに対応できなくなると却って裕也が冷静になれた。富士崎の相手を務め、死体の引き取りについて説明を受ける役目となった。

敏夫が祟りの新たな犠牲者に選ばれたと知ると、村人たちは天木家に弔意を示す一方で麻宮への猜疑心を一層強くしたらしい。夫を亡くして茫然自失の緋沙子の許を訪れ、次々に麻宮への疑念を口にしたのだ。

「言わんこっちゃない。やっぱりあいつは疫病神なんだ。一刻も早く追い出さないと」

「敏夫さんは麻宮たちを警戒していたから祟られたんだ。そうに決まってる」

「なあ緋沙子さん。あんたが一番大きな声を上げる権利がある。わしらの代表になって、正式に麻宮を村から追い出す運動をしないか」

悔やみの言葉もそこそこに、打ちひしがれている緋沙子を煽る者が多く、裕也はその都度母親の防波堤にならなければならなかった。

当然かもしれないが、向かい宅である麻宮は姿を見せなかった。葬儀でもないのに弔問に訪れる理由はなく、来ればどうせ近所の連中に叩かれる。ここは麻宮が遠慮してくれる方が得策だろう。

緋沙子は次第に口数が少なくなり、代わりに目つきが険しくなり始めた。

元々、緋沙子は敏夫ほど麻宮に悪感情を抱いていなかったはずだ。だが弔問客から口々に麻宮についての疑念や悪罵を伝えられると、俄に考えを改めたようだった。

「ひょっとしたら本当に麻宮さんがお父さんを殺したのかもしれない」

弔問客が途切れた時、緋沙子は独り言のように呟いた。

「待ってよ。お母さんまで康二や時彦と同じことを言うのかよ」

「麻宮さんが巌尾利兵衛の祟りを呼んだとは思わない。でも、お父さんがひどく嫌っていたのは向こうも知っているはずでしょ。だったら麻宮さんがお父さんを殺したとしても不思議じゃない」

「証拠がないじゃないか」

「証拠がないと困るのは警察でしょ。わたしたちが疑うのに証拠なんて必要ない」

まずい思考回路に入っていると思った。突然降って湧いたような不幸に正常な判断ができなくなっている。

「人を疑うのは警察の仕事だろ」

「お父さんが殺されたのよ」

「まだそうと決まった訳じゃない。よろけて用水路に嵌ったのかもしれない」

「お父さんがそんなに不様だと思うの」

裕也は現時点での説得を諦める。緋沙子の性格は知っている。本質的には気が弱い人間なので、追い詰められると視野狭窄になりやすい。今は放っておくのが無難な選択だろう。

用水路の周囲には鑑識係と思しき警察官たちが動き回っている。だが富士崎の言葉を借りれば「あまり収穫は見込めない」。草川老人の時もそうだったが、雨は全ての物的証拠を洗い流してしまう。いくら県警の鑑識係が優秀でも、対象がなければ為す術がない。

近所で訊き込みをしてきた富士崎は夕方になって再び天木家に舞い戻ってきた。

「裕也くんに確認したいことがある」

「僕に、ですか」

「近所で訊き込みをすると、誰もが二言目には麻宮恭一氏の名前を口にする。だが、どうして怪しいのか理由を訊くと、何故か口籠る。裕也くんは何故だか知っているか」

「村の人が麻宮さんを疑うのは余所者だからですよ。それ以外の理由はありません」

「何だ、そりゃ」

富士崎は一瞬怪訝そうな表情を浮かべたが、すぐにああと納得したようだ。

「姫野村はそういうところだったか」

「とにかく田舎で、外から来た人を除け者にしようとします。麻宮さんが特に変な行動を起こした訳でもないのに、巌尾利兵衛の祟りまであの人のせいにしたがるんです」

「令和の世になっても、まだこういう村は残っているんだな……いや、ごめん。ここに住んでいる君に失礼な発言だったな」

「構いませんよ。僕もうんざりしているんです。富士崎さん、県警本部の刑事さんですよね。だったら県内の色んな場所も知っているんですよね」

「まあ、そうだな」

「姫野村みたいに閉鎖的なところも珍しいでしょう」

裕也としては姫野村の異常性を他人にも認めてもらいたい気持ちがあった。だが、富士崎は予想に反して首を横に振る。

「それほど多くはないが、それほど珍しくもない」

「姫野村みたいなところが、まだ他にもあるんですか」

「住んでいる人間によって場所の趣きは変わるからな。いや、逆かな。岡山とひと口に言っても広い。姫野村だけじゃない。君が嫌うような閉鎖的な場所、余所者を排除せずにはいられない人間はどこにでもいるよ」

富士崎は麻宮宅のある方角に目を向けた。

「この田舎に赤いスポーツカーというのは、ある意味象徴的だな。君は個人的に麻宮氏と親しいのかい」

「ただのご近所です」

「ただのご近所が君みたいな人間ばかりなら、この村も住みやすくなるんだろうな」

「当の麻宮さんに訊けば、疑いも晴れると思いますよ」

それがなあ、と富士崎は首を傾げる。

「留守番と称する人がいただけで麻宮氏本人は外出中だった。まだ会えていない。だからもし見かけたら、ここに連絡をくれないか」

富士崎は自分の名刺を差し出した。

「村では祟りだの何のと喧しいが、県警本部でそんな話をしたら明日から別の部署に飛ばされちまう」

「大袈裟ですよ」

「今どき祟りだ何だと騒ぐ方が変だと思うけどね。もっとも」

富士崎は自分の口を覆うマスクを指差した。

「これも一種の祟りと言えなくもない」

絶え間なく弔問客があり、その度に対応していたので、父親が死んだという実感が希薄なまま時間が過ぎていく。一方、緋沙子はと見れば自分の殻に閉じ籠って碌に家事もしない。裕也は仕方なく冷凍食品で空腹を満たした。葬儀が慌しいのは遺族に落胆する間を与えないようにするためだと聞いたことがあるが、さもありなんと思う。

夕食を終えると、さすがに人の出入りが途絶え、ひと息吐くことができた。緋沙子の様子は気になるものの、裕也には更に懸念材料がある。

暗くなってから家を出ると、道路には康二と時彦が麻宮宅を遠巻きにして眺めていた。

先に気づいたのは康二だった。

「何だ、お前か。……その、親父さんが大変だったな。ご愁傷様」

普段は傍若無人の康二も今日ばかりは殊勝な態度だった。

「いえ。恐れ入ります」

「これでお前も分かっただろ。あの男を放っておくと災いが広がる」

無視して麻宮宅に足を向けると、驚いたように康二が声を掛けてきた。

「おい。今言ったことが聞こえなかったのかよ。あいつを放っておいたら、また災いが」

「それを今から確かめに行くんだよ」

「何だと」

「麻宮さんと会えたら話を聞いてくれと、刑事さんに頼まれた」

正しくは本人を見かけたら連絡してくれという依頼だったが、この程度の拡大解釈は許容範囲だろう。どちらにしても裕也に都合のいい免罪符のようなものだ。

「父親を殺されて一番悔しいのは誰だと思ってるんだよ」

康二と時彦からの反応はない。おそらく裕也の言葉に気圧されたのだろう。今日一日くすんでいた気持ちが、ほんのわずかだけ晴れた。

麻宮宅のドアをノックすると、顔を覗かせたのは吹邑だった。

「ああ、君でしたか」

「遅くに失礼します」

「構いませんよ。しかしいいのですか。君の家ではご不幸があったばかりじゃないですか」

「僕が何をしたところで父が生き返る訳じゃありませんから」

「おやおや」

吹邑は裕也を家に上げてから軽く睨んできた。

「やさぐれているのですか」

「やさぐれているかどうかは知りませんけど、朝から警察やら近所の人たちに色々訊かれて色々言われて少し疲れてます」

「お母さんは」

「父の死体を発見した時から、まともに会話ができない状態です。だから僕が母の代理みたいなかたちになってるんです」

「それは大変でしたね」

「いえ、お蔭で気が紛れました」

「すみませんが、真っ直ぐに立ってもらえますか」

何を言い出すかと思ったが、吹邑が危害を加えるつもりがないのは承知しているので黙って従う。

吹邑は直立した裕也の頭から足の先までをじっくり眺めてから、心配するように表情を曇らせた。

「うーん、あまり良くないですね」

「何が良くないんですか」

「裕也くんはスポーツをしているんですよね」

「バスケをやってます」

「だから歩いている時も山登りをしている時も体幹がブレない。ところが今日の裕也くんはやや猫背気味で体軸も歪んでいます」

「あの、猫背なのがそんなに重要なんでしょうか」

「精神的なダメージは肉体にも影響が及びます。わたしはスピリチュアルな解釈や心理学には疎いのですが、身体科学は多少齧っています。今の裕也くんは心理的に不安定であり、解決できない問題あるいは処理できない感情のために肉体が充分なパフォーマンスを発揮できていません」

吹邑の指摘は的を射ている。確かに今の自分は精神の一部がまともに稼働していない。感情もどこかが麻痺しているようだ。

「ご近所から色々言われたそうですが、お悔やみばかりではなかった様子ですね」

「悔やみの言葉よりも陰口の方が多かったです」

陰口の大部分が麻宮に対してのものである事実は黙っていようと思った。だが裕也の顔を覗き込んでいた吹邑は事情を察したらしく、短く嘆息した。

『ご愁傷様でした』のひと言で充分なのですけどね。それ以上の言葉は遺族にとって、大抵は毒にしかならないというのに」

「その通りだと思います」

父親が死んだのは麻宮のせいだと言われる度に心が重くなった。弔問を受けるうちに、緋沙子の代理でいることが苦痛に思えてならなかった。心が病んでいる時は他人の何気ない言葉一つが矢にも槍にもなるのだと実感した。

「ひょっとして、ここに来たのは麻宮と話して気を紛らわすためでしたか」

「そうかもしれません」

「わたしは医者ではありませんが、こういう時には長い入浴と早めの睡眠を勧奨します」

「気遣ってもらって有難いです」

「お母さんの代理になっているのなら尚のこと早く休むべきです。それにも拘わらず、ここにやってきた理由は何ですか」

「麻宮さんの様子を見に来ました。ウチの父があんなことになって、村の人たちが今まで以上に麻宮さんを疑っています」

「まさか麻宮が裕也くんのお父さんを殺したと考えているのですか」

「弔問に来た何人かはあからさまでした」

村人たちの言葉を伝えられると、吹邑は憂鬱そうに眉を顰める。

「確たる証拠もなしに断言してしまえるメンタルが羨ましい。きっと葛藤や自責とは縁のない毎日を過ごしているのでしょうね」

「麻宮さんはいらっしゃいますか」

「不在です」

嘘と思わせない口調だった。

「ここにも警察が訪れましたが、麻宮は朝から外出しています」

「どこに行ってるんですか。往来で村の人間に目撃されたら何をされるか分かったもんじゃないのに」

「行き先は言えません。麻宮本人から他言無用と口止めされています」

「でも」

「安心してください。麻宮は人一倍慎重で油断を怠らない人間です。こんな時に姿を見咎められるような真似はしませんよ」

断言されても尚、裕也は目で訴えてみる。だが吹邑は麻宮の行き先を容易に打ち明けようとしない。

「麻宮は麻宮なりの正義に従って行動しているのですよ。わたしはそれを信じてやるしかありません」

「麻宮さんの正義というのは何をしようとしているんですか」

「それも口止めされています」

次第に吹邑は申し訳なさそうな顔になっていく。

「村で唯一気の許せる裕也くんに打ち明けられないのは、麻宮自身も済まない気持ちでいると思います。ただ、彼は胡散臭い人間ではありますが、決して悪党ではない。それだけは信じてやってほしいのです」

大人が中学生に向ける言葉で、こんなにも真摯なものはかつて聞いたことがなかった。裕也は口を噤むしかない。

ふと部屋の奥に視線を転じると、鬼哭山のミニチュアはまだそのまま鎮座していた。

「まだ終わってないんですか」

具に観察すると前回に見た時よりも細工が細かくなっている。草木は写真通りに茂り、沢や洞窟もちゃんと実物と同じ場所に掘られている。

「精巧さが増しましたね」

「ありがとう。実は、出来栄えにはちょっと自信がある」

「ジオラマのコンテストに出せば、大きさと精密さで絶対入賞すると思いますけど、これが吹邑さんの研究とどう関わってくるんですか」

考えてみれば、麻宮と同様に吹邑もまた得体が知れない男だ。分かっているのは大学の助教という肩書だけで、村に来た目的どころかミニチュアの製作理由も聞かされていない。真面目ではあるのだろうが、だからといって聖人とは限らない。

　途端に吹邑は少年のような笑みを浮かべた。

「わたしの研究に興味がありますか」

「こんなに大きなミニチュアを必要とする研究なんて、ちょっと思いつきません」

「ミニチュアはあくまで仮説が成立するかどうかの準備でしかありません。実証実験は別のステージで行っています」

　言い方が未来形ではなく現在進行形であることが気になったが、吹邑は裕也の疑問に答えることなくモニターに近づく。表示されていたのは相変わらずの天気図だ。

「前回、フィリピン沖に台風の卵がいくつか発生しているのは説明しましたよね」

「ええ、その卵の一つが昨夜の暴風雨をもたらしたんですよね。ニュースで解説していました」

「同時期に発生した台風の卵が明日にも日本に上陸しそうなんですよ。フィリピン沖の海水温は三十二度。今度は無事台風に成長する可能性が大です」

「吹邑さん、どうしてそんなに嬉しそうなんですか」

「言うまでもなく実証実験ができるからですよ。わたしの実験には台風並みの風速と雨量を備えた暴風雨が必要なのですから」

「いったい何の実証実験なんですか」

「巌尾利兵衛を呼び出すのですよ」

　予想もしなかった答えに、思考がついていかない。更に質問を重ねようとしたが、吹邑はポリカーボネートの仕切りを開き、ミニチュアの上に覆い被さった。どうやら実験の続きに取り掛かったらしく、まるで裕也の存在を忘れたかのように手を動かし始める。こうなれば何を言われても耳に入らないのは学習済みだ。

裕也は仕方なく麻宮宅を後にした。

額に一滴の雫が当たる。

さっきは上がっていたはずの雨が、再び降り始めたらしい。吹邑が言ったように、次の暴風雨が接近しているのだろう。

「ただいま」

返事はない。台所まで行くと、緋沙子がぼんやりと座っていた。

「ただいま」

もう一度声を掛けると、ようやく緋沙子は首だけをこちらに向けた。

「どこに行ってたの」

「近所」

「警察から連絡があった。お父さんの遺体、明後日には戻ってくるって」

「そう」

「お葬式の準備しなきゃ」

淡々とした口調が逆に応えた。良くも悪くも天木家は敏夫を中心に回っていた。その求心力を失って、天木家はどう変貌していくのだろう。

「早く寝なさい」

「まだ風呂にも入ってないんだけど」

「え。お風呂、沸かしてなかったの。ごめんなさい、お母さん、すっかり忘れていた」

緋沙子はゆらりと立ち上がり、給湯器リモコンのある方へ歩いていく。あまりに覚束ない足取りだったので、躓きはしないかと心配になる。

ずいぶん敏夫を頼りにしていたのだろうと思う。制度上はともかく、天木家に家父長制が根付いていた証拠だ。今後は自分が母親を支えていかなければならないと考えると、胃の辺りが重くなった。

湯船に浸かると、ようやく人心地がついた。だが、精神の一部は尚も張り詰めている。今後のことや麻宮の行方を思うと今夜は安眠できそうになかった。

2

まんじりともせず迎えた朝、裕也はただならぬ騒ぎを自室で耳にした。

「麻宮、出てこんかあっ」

「居留守、使ってるんじゃねえぞ」

何事かと窓から外を覗いてみると、麻宮宅を囲んで村人たちが口々に怒鳴っている。数えてみると十五人もいる。

おそらく敏夫の死をきっかけに集まったのだろう。その証拠に、先頭には時彦の姿が認められる。以前にも似たような光景を目にしたが、今回彼らが放つ物々しさはまるで別物だった。まず人数が圧倒的であり、距離も違う。今までは道から遠巻きに眺めていたのに、今朝は玄関先まで迫っている。それだけではない。朝から雲行きが怪しいというのに、彼らが手にしているのは傘ではなく、角材や鍬といった物騒な得物なのだ。

窓の外にばかり気を取られていたが、気がつけば階下からも荒々しい男の話し声が聞こえる。緋沙子が心配になり、裕也は急いで階段を下りる。

「だからよ、緋沙子さん。あんただって他人事じゃあるまい。あんただって敏夫さんを殺されたばかりじゃないか」

土間に立って声を荒らげているのは、やはり康二だった。上り框では母親がちょこんと座っている。

「あんたには麻宮を責める権利がある。爺っちゃんを殺された俺もそうだ。一緒にデモに参加してくれよ」

思わず反論しそうになる。片手に武器を携えて他人の家の玄関前で騒ぎ立てる、あれがデモだと言うのか。

「待ってよ」

裕也は緋沙子の背後から声を上げる。

「昨日の今日で、お母さんは消沈したままなんだ。そんなことに誘うのはやめてくれ」

「そんなこととは何だ」

康二は色をなし、邪魔だとばかりにマスクをかなぐり捨てた。

「お互いあいつに父親を殺された。仕返しするのは当然だ」

「麻宮さんが犯人だという証拠はないじゃないか」

「証拠があったらただじゃ済まさない。証拠がないから仕方なく追い出すところで妥協しているんだ。そんなことも分からねえのか」

「無茶苦茶な理屈だ」

「理屈だと」

康二は口角を歪めた。

「あいつの家に入り浸っているうちに毒されたみたいだな。死んだ親の敵を討つのに理屈なんざ要るかよ」

駄目だ、とてもじゃないが話し合いにならない。

「なあ、緋沙子さんよ。敏夫の生前にはウチとも色々あったし、敏夫は決して俺たち若い衆にいい顔をしていなかったのも知っている。しかしよ、ここは同じ被害者遺族として団結しようや」

康二は覆い被さるようにして緋沙子に迫る。当の緋沙子は明らかに嫌がっている様子だ。

裕也は二人の間に割って入る。

「いい加減にしろよ」

頭に血が上っていた。ここで殴り合いになっても構わないつもりだった。

「まだお父さんの遺体も戻ってきてない。これから葬式の段取りも組まなきゃいけない。あんたは草川のおじいちゃんの時、どうだった。葬式は気楽だったか。他の人間とつるんで何かしようなんて余裕があったか」

「何だと」

康二は片手の拳を握り締めたが、少し遅れて緋沙子の手がそれを制した。

「康二さんの気持ちは分かりますけど、今は少し放っておいてください」

力のない言葉だが、康二を押し止めるには充分だった。

「うん。まあ、これから葬式で忙しくなるものな。じゃあ葬式が終わってから、よおっく考えてくれ。これ以上あいつらが居座ったら、また死人が増える。コロナより先に祟りで村が壊滅しかねない」

壊滅はいかにも大袈裟だと思ったが、康二の顔は真剣そのものだ。

「お帰りください」

緋沙子が言い放つと、康二は無言で辞去していった。この場合は尻尾を巻いて逃げていったという表現が適切かもしれない。

表に出てみると、康二は麻宮宅前の集団に加わろうとしているところだった。さっき見た時より心なしか人数が増えている。念のため数えてみると二十四人もいた。

「出てこい、麻宮あ」

「今日は窓ガラス割れる程度じゃ済まねえぞ」

「疫病神」

「人殺し」

「さっさと村から出ていけえっ」

「早く顔見せろっ。でないと自慢のクルマがスクラップになるぞ」

若い衆の一人が角材をスポーツカーのボンネットに振り下ろす。派手な反動の後、ボンネットには傷がついた。

遠巻きに眺めている裕也の心にも傷がついた。

やめろ。

お前たちが傷つけていいものじゃないんだぞ。

思わず裕也が一歩足を踏み出した時、麻宮宅の玄関ドアが開けられた。隙間から顔を出したのは吹邑だった。

「お静かに願います」

「何だ、麻宮の連れか」

「麻宮を出せ、麻宮を」

「麻宮は不在ですが、いたとしてもあなたたちに会わせるつもりはありません」

静かだが毅然とした口調だった。多少体力に秀でていたとしても、これだけの若い衆を前に堂々としていられるのは尊敬に値する。

「一つ、あなた方はノックの一つもしていません。外から名前を呼ぶのは小学生です。二つ、あなた方はまだ自己紹介すらしていません。三つ、手に武器を携えた人間とまともな会話ができるとは思えません。四つ、今しがた麻宮のクルマを傷つけた件で既に通報しました。これから警察の相手をする予定の人と面談の時間を作っても無駄というものです」

「警察だと」

「窓ガラスを割ったり糞尿をぶちまけたりした時とは違い、今のあなた方の行為は逐一記録されています」

ボンネットを叩いた若い衆が、さっと角材を後ろに回す。

「わたしも実験に没頭している最中だったので、玄関先の騒音は迷惑極まります。さっさと敷地から退去してください。退去していただかなければ、器物損壊のみならず不法侵入と凶器準備集合罪でも訴えますので、そのおつもりで」

「この野郎」

康二が吹邑に迫った時だった。

「こらあっ」

道路の向こうから隣町の駐在が自転車で駆けつけてきた。

「あんたたち、何をしてるんだ」

血気に逸（はや）った若い衆たちも警察には逆らえない。駐在が敷地に近づくと、たちまち蜘蛛（くも）の子を散らすように逃げ出した。割を食ったのが最前列にいた時彦で、皆が散り散りばらばらになる中、彼だけは逃げ遅れてしまった。

「麻宮さんのお宅から武器を持った集団に襲われているという通報を受けた。いったい、どういうことだ」

「いや、あの。これにはちゃんと理由があって」

「理由があるなら派出所で聞こう。一緒に来なさい」

「俺だけかよ」

「集まったのが誰と誰かは防犯カメラでチェックされているらしいから、他の人にも後でじっくり聞く」

哀れ、時彦は駐在に連れ去られていってしまった。

久しぶりに胸のすくような光景だった。いくら閉鎖的であろうと、どんなに非常識であろうと、警察の前では神妙にならざるを得ない。その落差が痛快なくらいにみっともない。

ただし、それで全てが丸く収まるとも思えなかった。現に、四方八方に散らばった若い衆たちは連行されていく時彦の背中を眺めながら不穏な空気を醸している。

ふと裕也は空を見上げる。どんよりとした鈍色の空からは、ぽつりぽつりと大粒の雨が降り始めていた。


『フィリピン沖に発生した台風18号はその後も進路を変えず、発達しながら北上しています』

ワイドショーのお天気キャスターは切迫した表情で喋り続けている。

『今日の昼から夕方にかけて、沖縄・先島（さきしま）諸島に最接近する予想です。先島諸島では台風中心の発達した雨雲によって一時間に１５０㎜近い猛烈な雨と、最大瞬間風速が50㍍／sを超えるような暴風に見舞われる惧れがあります。古い木造家屋や電柱が倒壊する危険があるレベルです。沿岸では大時化になるので、海には近づかないようにしてください』

予想進路では沖縄・九州の次に中国地方を直撃する。姫野村に到達するのは今夜らしい。

「お父さんの葬式があるっていうのに」

テレビを眺めていた緋沙子が抑揚のない声で言う。ひと晩休んである程度は落ち着いたものの、まだ失意のどん底にあるようだった。無論、裕也もショックを引き摺ったままでいるが、陰陰滅滅とした家の中に引き籠っていると、こちらまでおかしくなりそうで怖かった。

二階の自室では窓を閉め切っても雨足が強くなっていくのが分かる。一昨日の豪雨も大概だったが、今夜は更に激しくなる予感がする。麻宮宅に注意を払っているが、未だ麻宮本人の姿は確認できていない。いったいこの雨模様の中、どこに行方を晦ませたのか。

正午になって台所に行くと、緋沙子が昼食の用意をしていた。普段に比べてのろのろとした動きだが、家事に復帰したのは嬉しい出来事だ。家事をしていれば少しは緋沙子も気が紛れるだろう。

ところが昼食を摂る直前になって、空と表の様子が怪しくなってきた。駐在が隣町に戻って二時間、またぞろ麻宮宅の前に若い衆たちが集まり出したのだ。

懲りない連中だと思っていたが、康二を先頭にした合羽姿の若い衆たちはやはり得物を手にしている。ただし角材や鍬ではなく、鎌や剪定バサミといった農機具だ。しかも今度は康二の号令の下、妙に規律ができているように思える。

何か異様な事態が起ころうとしている。

不安を覚えた裕也は外に飛び出す。既に雨は篠突く勢いになっており、裕也もレインコートを羽織らざるを得ない。

「村からは出ていないいんだな」

雨音に掻き消されまいと康二は大声を張り上げていた。

「確かなんだろうな」

「確かだ。昨夜から村の出入りを監視していた係が、ヤツの姿を見かけなかったと言っている」

「往来は俺たちが見張っているから身の隠し場所がない。つまり残るのは鬼哭山だけだ」

「しかし康二よお。でっかい台風が接近している。これから山に行くのは危険でねえか」

「俺たち以上に、潜んでいるヤツの方が危険を感じているさ。今なら潜んでいる藪から顔を出しているに決まっている。山狩りするなら今しかない。さあ、行くぞ」

康二を先頭に若い衆たちがぞろぞろと鬼哭山に向かって移動を開始する。

馬鹿な。山狩りだと。

裕也は玄関ドアの陰に隠れてやり過ごしてから、そっと康二たちの跡をつける。どう見ても彼らの出で立ちは物騒だ。鎌や剪定バサミが山狩りに邪魔な枝や雑草を除去するための道具とは承知しているが、いずれもその気になれば立派な凶器に変貌する。

若い衆たちとの距離はおよそ百メートル。普段ならともかく、この風雨の中ではなかなか気づかれまい。

風雨は尚も勢いを増している。Tシャツの上に直接レインコートを着込んでいるせいで、肌に雨と風の強さが伝わる。雨は突き刺さる矢、風は濁流の中を流されているようだ。

空は鈍色から黒へと変わっている。向かう先の鬼哭山は天辺が雨に隠れて見えない。

「チックショウ、ひでえ雨だ」

「麻宮を狩る前に俺たちが遭難するかもな」

「馬鹿言うな。俺たちには地元だが、あいつには不慣れな場所だ。山ン中なら尚更土地鑑もない。迷って野垂れ死にするのはヤツの方さ」

若い衆たちは大声で喋っているので、尾行している裕也にも内容が聞こえる。確かに彼らの言うことには一理あるが、それを麻宮に当て嵌めるには不確定要素が少なくない。まず麻宮は鬼哭山の全体像を、吹邑の製作したミニチュアで学習している。加えて、若い衆の誰よりも慎重で冷静な人間だから、愚かな選択をして遭難するとも思えない。

そもそも康二たちは気づいているのだろうか。巌尾利兵衛が村人たちを惨殺して鬼哭山に逃げ込んだ際、地元警察と消防団が山に分け入って三日三晩捜索しても彼を発見できなかった。殊に山に数カ所残る洞窟は未だに全貌が明らかになっていない。土地鑑があろうがなかろうが、鬼哭山は人智が全てを掌握できる場所ではないのだ。

「そう言えばよ、ずっと昔に死んだ親父の言葉を思い出したんだ」

「ああ、お前の父ちゃんはえらく物識りだったよな。で、何を思い出したんだよ」

「鬼哭山の由来だよ。あの山には今でも巌尾利兵衛が隠れ住んでいて、迷い込んだ村人を殺している。時折、山から泣き声とも笑い声ともつかない声が聞こえるのは巌尾利兵衛が生きている証拠だって」

「ああ、だから巌尾利兵衛という鬼が棲んでいる山って意味なんだろ」

「親父の話じゃ、元々鬼哭という言葉は浮かばれない怨霊の呻き声という意味らしい。分かるか。巌尾利兵衛はもうとっくに死んでいて、怨霊になっているんだ」

「よせやい、馬鹿」

ようやく舗道から脇道に差し掛かる。この脇道が鬼哭山への入口だが、道幅が狭いので若い衆たちは一列になって上り始める。

隊列を確認した裕也は脇道を通り過ぎ、一見しただけではそうと分からない杣道に辿り着く。それこそ獣道と見間違うような道だが、下草の滑りさえ注意していれば怪我もしない。単独行だから康二たちの隊列よりは機敏に動ける。

麻宮が山に潜んでいるというのは裕也にも頷ける見解だった。それならば康二たちに見つかるより先に自分が発見し、別の場所に誘導してやろうと考えていた。いざとなれば那岐山を越えて鳥取側に逃げ果すルートも知っているのだ。

道なき道を一心不乱に進む。レインコートを着ていて助かった。素足を露出していたら葉先や小枝で擦り傷をこしらえていたところだ。

雨風はいよいよ強烈になってきた。ドラム缶を引っ繰り返したような雨が真横から襲い掛かり、レインコートの隙間から浸入してくる。あと少しすればレインコートも意味を為さなくなるに違いない。轟々という音は既に雨音ではなく天災の咆哮だ。己の心音すらも掻き消してしまう。風も強い。最前までは濁流の中を漂っているようだったが、今は見えない壁を押しながら歩いているような感覚だ。

四方に注意を向けるが麻宮の姿は見つからない。この辺りは灌木と雑草だらけで人が隠れるような余裕はない。あるとすれば伏水老人と草川老人の死体が発見された中腹くらいのものだ。そして中腹辺りで身を隠すとすればビニールハウスか洞窟の中しか思いつかない。

数十分かけて中腹に辿り着く頃には辺りはすっかり暗くなり、視界は最悪になっていた。杣道から平地に移り、やっと足元が確かになる。

雨と闇に煙る中、しばらく歩いていると洞窟の入口付近で黄白いレインコートを着た人影を発見した。以前、麻宮の家で見かけたレモンイエローだったのですぐに見分けがついた。

「麻宮さあん」

裕也が何度も声を掛けると、三度目でレインコートの人物がこちらを振り向いた。やはり麻宮その人だった。

「何だ、裕也くんじゃないか。どうしてこんなところに」

「若い衆たちの山狩りが始まっています。麻宮さんが狙われてるんですよ」

「俺を山狩りしようっていうのか。奇遇な話だな」

何が奇遇なのかと思ったが、質問する暇はなかった。

「逃げましょう」

「ひと足遅かった」

麻宮が顎で示す方向に視線を転じれば、坂道を上りきった康二たちの姿があった。

「見つけたぞおっ、麻宮あっ」

康二たちはじわじわと間隔を詰めていく。どうやら麻宮を取り囲むつもりらしい。

「逃げましょう」

再び誘いかける裕也を手で制し、あろうことか麻宮は康二たちを正面に見据える。

「ようこそ、草川さんたち。あなたたちを待っていたんです」

3

「俺たちを待っていただと」

呼び掛けられた康二は一瞬虚を突かれたように動きを止める。片や麻宮の方は彼らの到着を予想していたかのように振る舞う。

「皆さん、俺を探していたんでしょ。ここで待っていれば見つけてくれるだろうと思っていました」

「どういう了見なんだ」

「皆さんの誤解を解こうと思いまして」

「ふざけるんじゃねえぞ、こら」

康二は一時でも気勢を殺がれたのが悔しいらしく、麻宮に詰め寄る。

「誤解と言うからには、自分が祟りの元凶だと疑われているのを知っているってことだよな」

「毎日毎日、あれだけ家の前で騒がれたら嫌でも知っちゃいますよ。まあ、よくやってくれましたね。愛車に糞尿ぶっかけるわ、家に向かって投石するわ、はっきり言って警察沙汰です」

「お前が村を出ていけば済む話だろうが」

「侵略者の理屈ですね。そんなものに従うつもりはさらさらありません。しかし、誤解されたままでは今後の村での生活に支障を来すので自ら疑いを晴らそうと考えた次第です」

麻宮が口上を述べている間も雨は篠突き、風は唸る。

「この嵐の中で説明を聞くのも難儀でしょう。そこで草川さん、あなたの家のビニールハウスをお借りしたいのですが」

「何で俺がそんなこと、しなきゃならないんだ」

「どのみち、もうじきこの上を台風が通過します。この雨風の中では立っているのもやっとで、避難する場所が必要でしょう。それとも巌尾利兵衛の怨霊が潜んでいそうな洞窟にでも移りますか」

村人たちが巌尾利兵衛の祟りを怖れていることを承知の上で言っている。こんな状況にあっても相変わらずなので、裕也は感心する。

康二はひどく凶暴な表情をしたが、麻宮の言うことにも一理あると考えたのか、渋々皆を率いて草川家のビニールハウスに移動する。裕也も彼らに紛れて後に続く。

草川家のビニールハウスは高強度アルミ樋(とい)と高強度モヤ材を採用した最新のものだ。標準設計で

40㎧、柱部分の板厚を強化すれば50㎧の風にも耐えられるという。耐強風の謳い文句は嘘ではなく、ビニール自体は風圧で凹むものの、屋根や柱はびくともしない。なるほど、これなら中で嵐をやり過ごすのも可能と思える。

暴風雨の中の探索はかなりの体力を消耗する。康二をはじめとした若い衆たちもビニールハウスに入った途端、力尽きたように腰を下ろす。

「それで何だって。自分で疑いを晴らすとか言ったな」

「まず、俺にかかっているのは巌尾利兵衛の呪いを連れてきたという疑いですよね」

「まあ、そうだ」

「いきなり村を訪れた新参者。仕事はトレーダーなんて訳の分からないことをしている。しかも移転してからというもの、村は不幸続き。皆さんが俺を疫病神扱いするのも無理はない。しかし少し考えてみてください。八月に入ってから草川老人と天木敏夫さんが亡くなりました。しかも鬼哭山で巌尾利兵衛の絶叫が聞こえた直後に、です。しかし巌尾利兵衛の祟りは以前にも発現しています。一九四九年八月、一九六五年六月、一九九九年七月、二〇〇五年十一月、そして二〇一九年七月。俺が村に移転したのは今年からなので、当然この五例に関しては無関係と言って構わないと思います。土地登記簿謄本を確認してもらってもいいのですが、そもそも俺が土地の売買契約を結んだのは今年の五月でした。それ以前は下見すらしていない。そんな状況で祟れと言う方が無理な話ですよ」

束の間、康二たちは押し黙る。麻宮の話は至極真っ当であり、反論できる余地はない。祟りという現象自体が非論理的なので、これは当然の流れだ。

「それがお前の言う根拠の全部かよ」

「自己弁護だけならこれで充分かと思いますが、皆さんを納得させるには足りないでしょう。あなたたちが怯えているのは俺じゃなくて巌尾利兵衛の呪いなんですから。その呪いのメカニズムを解明しない限り、あなたたちは常に誰かを疑い続けずにはいられない。怨霊などというかたちのないものより、実在する何かを忌み嫌う方がずっと楽だからです」

「講釈はそこまでか」

人心地がついて余裕が生まれたらしく、康二の言葉に剣呑さが戻ってきた。だが、ビニールハウスの外が風雨で荒れ狂っているため、ともすればそちらに意識が移っている様子だ。

「巌尾利兵衛の呪いで死んだ人間にはいくつかの共通点があります。一九四九年の穴吹高雄さん、一九六五年の武見久五郎さん、一九九九年の日置満男さん、二〇〇五年の林屋昌平さん、二〇一九年の伏水良策さん、そして今年の草川泰助さん。天木敏夫さん以外はどなたもご高齢です」

「年寄りなのは当たり前だろう」

康二は向きになって反論する。

「自分の畑やビニールハウスが心配なのは皆、同じだ。だが俺たち若い衆はともかく年寄りは身の危険よりも、安心したい気持ちを優先させちまう。だから行くなと言われても鬼哭山に登って祟られる」

「共通点の一つはそこです。祟りで死んだ人たちはこのビニールハウスのある中腹辺りで倒れています。つまり巌尾利兵衛の呪いの条件として次の二つが挙げられるんです。一、祟りは鬼哭山が哭いた時に起きる。二、祟りは中腹辺りまで登ってきた者に作用する。ついでに言えば、鬼哭山が哭くのは必ずと言っていいほど台風か台風並みの暴風雨が到来した時です」

「断言できるのか」

「過去の天候については気象庁のデータが公開されているので位置と日付を打ち込めばすぐに検索できるんですよ」

暴風雨が吹き荒れている日に山が哭くという事実を指摘され、若い衆たちは一様に顔を見合わせる。

「確かになあ」

「俺たちが知っている伏水の爺さんや康二の親父、それに天木の敏夫の時もえろう雨風の強かった日だったもんな」

「だけど、それがどうしたっちゅうんだ」

「発動条件がある程度特定できれば実験が可能なんですよ」

「実験だと」

早速、康二が色をなした。

「今ここで、お前が祟りを起こすって言うのか」

「どれほど不可思議なことでも、ある程度は科学実験で立証できるものです。たとえば〈かまいたち〉という妖怪の話があるでしょう。ほら、つむじ風に乗って現れ人に切りつけるという化け物で、こいつにやられたら刃物で切られたような鋭い傷を負う。ただ、これは現代の科学で証明できてしまう。有力なのは気化熱説で、皮膚の表面が気化熱で急激に冷却されると組織が変性して裂ける生理学的現象という解釈です。〈かまいたち〉の伝承が雪国に多いのも、この仮説の裏付けになっています。巌尾利兵衛の呪いも〈かまいたち〉と同様に科学的解釈が可能なんですよ」

「あいつの呪いをしもやけと一緒にするなよ」

麻宮の理路整然とした話し方が気に食わないのか、康二は牙を剝いたままでいる。これで周りの者が同調でもしたら一触即発の雰囲気になるところだ。

だが間近に襲来する嵐に気を取られ、多くの者は気もそぞろだ。麻宮の話を謹聴している裕也にしても、外の様子が気になって仕方がない。最新型ビニールハウスの頑丈さは知っているが、中から暴風雨を体感するのはまた別の話だ。

風が一層強くなった。

ビニールが大きくたわみ、樋が軋み始める。

「おい康二、これ」

「大丈夫かよ」

「さすがにこれは危ないんじゃないのか」

「ここが吹き飛ばされたら、いよいよ洞窟に逃げ込むしかないぞ」

若い衆たちの怯えは裕也にも伝わってくる。多少血の気が多くても台風の脅威は皆が知悉しているのだ。

いよいよ台風の中心が接近してきたらしく、雨風が荒れ狂う。たわんだビニールを横殴りの雨が襲う。風も強弱を繰り返しているので、屋根が波打っている。まるで洗車機の中を通過しているような光景だ。

その時、異変が起きた。

ビニールハウスの側面が小刻みに振動し始めたのだ。

ビニールだけではない。裕也の肌にも低周波の振動が及ぶ。若い衆たちも我が身の異変に気づいたのか、自分の肩を抱いている。

次の瞬間、衝撃がきた。

最初は獣の唸り声だったが、直に怪物の咆哮となり、遂には耳を劈く轟音が襲ってきた。

まるで目の前を爆撃機が横切るような音だ。ビニールハウスの中にいなければ音圧で吹き飛んでいるかもしれない。

ビニールハウスが内側に極端に凹んでいる。風ではなく音圧に潰されそうだ。

いったい何が起きた。

あまりの爆音に裕也も、若い衆たちも驚愕の表情で耳を押さえている。中には恐ろしさのあまりか地面に突っ伏した者までいる。一人麻宮だけが涼しい顔で事の推移を見守っていた。

爆音は三十秒も続いただろうか、やがて爆撃機の通過音から激流のそれへと変わり、遂には先刻の雨音に戻った。

若い衆たちは恐る恐るといった体で耳から手を離す。

「今のは何だ」

「どえらい音がした。土砂崩れなんかよりも、ずっとひどかった」

「鼓膜が破れるかと思った」

衝撃の冷めやらぬ皆を眺めて、麻宮はにやにやと笑っている。何と彼は両耳から耳栓を摘まみ出した。

「あれが巌尾利兵衛の呪いですよ」

若い衆たちが啞然とする中、麻宮は懐からスマートフォンを取り出す。

「今ので175dBありました」

「何だよ、そりゃあ」

「さっき洞窟の入口に騒音レベル測定器を設置しておきました。測定結果はスマホに飛ばすことができます。離陸時の飛行機のエンジン音や雷鳴が180dB、200dBともなると火山の大噴火や爆弾一トン級の爆発音と同じ大きさに匹敵します」

「いったい、どこからあんな音が出る」

「洞窟ですよ」

麻宮は後方を指して言う。

「あの洞窟から175dBもの爆音が放たれる。麓の里に届くまでにはいくらか減衰しますが、それが人の泣き声や笑い声に聴こえる。これが巌尾利兵衛の声の正体です」

確かにそうだと思った。

さっきの馬鹿げた大音響も、自宅にいれば「おろろろろろおお」と山から響いて聞こえるのだろう。

「しかし、どうしてあんなどでかい音がする。雨風の音じゃねえ」

「洞窟が拡声器というか、楽器の役割を果たしているんですよ」

「楽器だと」

既に毒気を抜かれた格好の康二は、麻宮の言葉をただ聞き入れている。他の者も同様だ。今しがたの怪異を説明してほしくて、皆押し黙っている。

「実は図書館に保管されていた郷土誌で姫野村の歴史を調べました。それによると終戦直後、村に鉱山技師、というか要するに山師が訪れて何カ所かを採掘したようですね。まさに鬼哭山がその場所でした。当時は鉱脈を探知する装置もなかったので、鉱脈にぶち当たるかどうかは半ば鉱山技師の勘みたいなものでした。だから手当たり次第に掘って、当てが外れたらさっさと見切りをつけて他の土地に移動する。お蔭で洞窟を中心として半径五百メートル内は穴だらけです。つまり元は行き止まりだった洞窟は、採掘によって何カ所か空気の抜け道ができた。言ってみれば巨大な吹奏楽器が出来上がったのです」

麻宮が今度は図面を取り出してみせる。洞窟を中心とした見取り図で、なるほど五百メートルの範囲内に大小合わせて八つもの穴が開いている。このうち四つの穴が洞窟内に通じていて、笛に似た構造となっているのだ。

「さっきの大音響の発生条件は最大瞬間風速が50m/sを超えることです。突風がある方向に向いてその数値を超えた瞬間、採掘跡の穴に風が吹き込み、洞窟から放たれる。それがどのくらいの音圧なのかは、先ほど皆さんが身をもって体験したはずです。そして巌尾利兵衛の祟りとして人が死んだ時、気象記録を遡るとやはり風速50m/sを超える風が村の上空に吹いていたんです」

「風速が50m/sを超えたら、というのはどうして分かる」

「自宅にミニチュアを作ったんですよ。鬼哭山と姫野村の精巧な模型を拵え、洞窟内の構造や穴の開いた箇所も精密に再現させました。その上で空洞実験を繰り返し、風速と発出される音圧の関係が判明しました。疑うようでしたら、後でその実験結果を纏めたものをお見せしてもいい」

　あの大層なミニチュアを作った理由は仮説を証明するためだったのか。

　裕也は目から鱗が落ちる思いだった。

「しかしよ、いくらとんでもない音を聞いたとして、それで人間が死ぬものなのか。さっきは確かに俺たちも驚くような音だったが、驚くだけで人がころころ死ぬなんてのは信じられん」

「驚くというよりも、先刻説明した生理学的現象なんですよ」

　麻宮は意地悪そうに笑ってみせる。

「さっきの音では皆さんも生きた心地がしなかったでしょう。まだビニールハウスの中だからよかったものの、あれを洞窟の真ん前でもろに浴びたらどうなるか。まだ人で実験したことはないそうですが、２００dBもの音になると衝撃波で脳が破壊される可能性も出てくるそうです。だとすれば１７５dBでも人体に影響があって当然じゃないですか。たとえば伏水良策さんは以前から狭心症を患っていました。草川泰助さんは数年前から肺気腫を患っていたことが判明しています。心臓や肺を患っている老人に、いきなり175dBもの爆音を浴びせたらどうなるか。結果は容易に想像がつくでしょう。死亡しても死因は既往症と見分けがつきません。伏水さん以前に亡くなった四人にどんな既往症があったかは不明ですが、かなりの確率で持病があったと推察しています」

裕也は麻宮の説明に感心しきりだった。無作為の採掘で、偶然出来上がった天然の吹奏楽器。しかも最大瞬間風速が50㎧を超えなければ機能しない巨大な笛。

少し考えれば分かるが、最大瞬間風速が50㎧を超える風が起こることはそうそうない。それこそ大型台風が到来した時くらいだ。過去に巌尾利兵衛の祟りで死んだとされる者たちには申し訳ないが、確率の低い外れくじを引いたようなものだと思った。

「証拠は、あるのか」

康二は諦め悪く食い下がる。

「伏水さんも草川さんも、司法解剖では臓器の機能不全としか判定できませんでした。しかも既に骨になっている。今更爆音のために死亡したことを立証するのは不可能です。俺たちの作った実証実験ではなく、もっと大がかりな実験を行ったとしても、所詮仮説は仮説。警察も判断を覆すようなことはしない。ただ、あなたたちにかけられた巌尾利兵衛の祟りは解かれるんじゃないですか」

麻宮に水を向けられると、若い衆たちは互いに顔を見合わせながら渋々納得した顔を見せる。

「まあ、最初っから警察なんてあてにしてねえし」

「犯人が風だってんなら捕まえようもないしな」

「幽霊の正体見たり枯れ尾花、か」

「祟りの正体が分かれば防ぎようもある」

「風の強い日は外に出ないか」

「いや、いっそ採掘跡の穴を埋めちまえばいいんだ。それくらいの仕事なら村の衆総出でできるだろ」

「うん。どうせ台風被害の後始末で駆り出されるんだしなあ。ついでに穴塞ぎするのは名案じゃないのか」

「じゃあ旗振り役は伏水と草川の若い衆にやってもらうか」

藪から棒に名前を出され、康二は困惑気味に振り返る。

「俺かよ」

「居もしねえ犯人の山狩りするよりは成果が見えるだろ」

「今度だって、結構リーダーシップを発揮したじゃねえか」

「親の敵討ちだと思え。そうしたらやる気も出るさね」

「ちっ」

満更でもないらしく、康二は舌打ちしても逆らう素振りは見せなかった。

「なあ、あんた」

若い衆の一人が麻宮に声を掛ける。

「天木の敏夫さんが倒れていたのは洞窟の近くじゃなくて、田んぼの用水路だった。あれは何でだ」

「あの場所は洞窟の入口、つまり音源の直線上にあるんですよ。あれだけ離れれば音圧はかなり減衰しますが、個人差もあります。本人も自覚しなかった重篤な臓器不全があれば先例と同様、死につながりかねない。もっとも、それも実証は叶いませんけどね」

「もう一ついいか」

どうやら麻宮に尋ねればどんな質問にも明快に答えてくれると思っている様子だ。まるで手の平を返すような真似に呆れたが、これで麻宮の評価が高くなるなら裕也に文句はない。

「山に逃げ込んだ巌尾利兵衛は、いったいどうなったんだろうな。年寄り連中はあの洞窟に潜んでいるって話を信じて、それが祟り話の始まりになったのもある」

「当時、大方の見方は裏の那岐山に逃げ果せたというものだったらしいですね。ただ調べてみると那岐山には野犬やら猪やら熊やらが生息していたようで、麓に辿り着くまでに行き倒れでもしたら、おそらく彼らの餌食になったと思うんですよ。それこそ骨も残らないくらいに。巌尾利兵衛の死体が発見されなかったのも、案外それが真相だったような気がします」

説明を聞いた若い衆は納得顔で頷いてみせた。

気がつけば風の勢いは和らぎ、雨も穏やかになりつつあった。

4

「短い間ですが、お世話になりました」

吹邑は頭を下げると、そのまま引っ越し業者の軽トラに乗り込んだ。大型トラックに積み込むような量はなく、宅配便で送るには多過ぎる。ドローンを含めた機材一式とともに帰還するには軽トラが最適と判断したようだ。軽トラへの同乗まで決めたのは、効率最優先の吹邑らしい。

「本当に短かったですね。もう少し滞在するとばかり思っていました」

「静かで雑念の入らない、研究には持ってこいの場所なのですが、生憎大学で待ってくれている学生もいるのです」

「こう見えて吹邑は建築構造学の権威でね」

裕也の隣に立つ麻宮は自分のことでもないのに得意げに言う。

「担当している講義は人気で、いつも定員オーバーらしい。女にはモテないのにな」

「麻宮は肝心なことを黙っているのに、いつもひと言多い」

「名残惜しいなあ。吹邑さんの大学に入学できればいいんですけど、僕では無理っぽいです」

「同じ大学でなければ講義を受けられないということはありません」

吹邑は諭すように首を横に振る。

「こんな時期なので講義の多くはリモートです。近い将来、ＹｏｕＴｕｂｅでの講義を開設することも視野に入れています。君さえ準備が整っていれば、いつでもどこでもわたしの講義を受けられるのですよ」

「じゃあ、せめて講義についていけるように勉強します」

「それがいいです。目標は何でも構わない。いや、目標なんてなくても一向に構わない。学び続けるという姿勢を維持する限り、人は堕落せずに済みます」

　吹邑が何やら大切なことを伝えようとしているのは分かったが、裕也は充分に理解できていないらしい自分が歯痒かった。

「それでは」

　最後に軽く会釈して、吹邑は去っていった。

　軽トラのテールランプを見送る麻宮は、何故か清々しい顔をしていた。

「あーあ、行っちまったか」

「麻宮さんなら、すぐに会えるんじゃないですか」

「同じ都内に住んでいても、よほどのことがない限り会おうとは思わない。仕事を持つとそうなる」

「吹邑さんはともかく、麻宮さんが仕事熱心とは見えませんでした」

「大概失礼だな、君も」

　麻宮は少しも怒っていなかった。

「これでもやり手で通っている。いい加減現場復帰しろと上司が煩(うるさ)くてね」

「リモートならここでも仕事ができるんじゃなかったんですか」

「東京じゃ、そろそろ感染者数が落ち着いてきたらしい。リモート会議が自分たちの無能さを曝け出すシステムと気づいたロートル親爺たちが、リアル会議を熱望している。そろそろ俺の夏休みも終わりだ」

夏休みという単語が胸に刺さった。

吹邑が村を出ると聞いた時は驚いたが、麻宮から東京に戻ると知らされた時には失意の方が大きかった。折角購入した一軒家も、あっさり売却してしまうという。既に大きな荷物は運び出された後で、残りはスポーツカーのトランクに積み込めるものしかない。裕也には貴重な日々が、麻宮にとってはほんの休暇だったという事実が堪らなく嫌だった。

「初めから夏休みのつもりだったんですか」

「いいや。もっと長逗留になるとばかり思っていた。だが偶然にも事件が続発して、おまけにお誂え向きの台風まで到来したからね。こうも早く問題が解決するのは予想外だった」

「予想外だったということは、麻宮さんは何か問題を解決するために村へやってきたんですか」

「うん。そもそもは家系図サービスに端を発しているんだ」

「何ですか、その家系図サービスって」

「要はあなたのルーツを探し出して家系図を作りましょうというビジネスさ。ネットを検索していたら、最近ちょっとしたブームになっているみたいだから気紛れに依頼してみた。血筋を遡って調べるんだから、きっと探偵業の人間も紛れているに違いない。俺の父親は口数が少なくて、先祖のことなんてひと言も話してくれなかったから余計に興味を惹かれたというのはあるな。自分のルーツに歴史上の人物がいたら、それはそれで話のネタにもなる」

麻宮が先祖に興味を持っているという事実は意外だった。裕也自身は家系図などに毛頭興味がないからだ。それよりも明日はどこにいるのか、一年後は何をしているのかがはるかに重要ではないか。

「ところが依頼してすぐにお断りの返事があった。『麻宮さんの家系は一代前までしか遡れませんでした』ってな。まあ一代前しか分からなきゃ、そりゃ家系図なんて作りようがない。だが、変だろ。調べようによっちゃ戸籍を辿るくらい訳もない。どうして父親までしか調べられないのか不審に思った。それで先方が送ってきた調査結果をもとに、自分でも調べてみたのさ。ちょっとネットを漁ってみたら、先方が断りを入れてきた理由がすぐ判明した。二代前、つまり祖父が有名人だった。歴史上の人物じゃない、不名誉な方面の有名人だった」

「まさか」

「そのまさかさ。俺の祖父は巌尾利兵衛という名前だ」

裕也はやはりと思った。麻宮が巌尾利兵衛に瓜二つの理由は直系の子孫だからだったのだ。

「巌尾利兵衛には三人の息子がいたが、上の二人は戦死している。残ったのは末子の三太郎だが、利兵衛が事件を起こした直後、妻のはつは自殺し、彼の消息は消えた。消えたというのはあくまでもニュースを伝える側の認識であって、実際には遠縁の親戚が引き取った。それが麻宮家だったという訳さ」

麻宮の父親が先祖の話をしたがらないのも当然だと思った。裕也がその立場であれば、己の父親が六人もの男女を血祭りに上げた殺人鬼だとは口が裂けても言いたくない。

「巌尾利兵衛の行状は戦後の混乱期に起きた猟奇事件という性質も手伝って、様々に歪曲されて面白おかしく喧伝されている。事件から七十年以上も経っていたら、話に尾鰭がつくのも当然だ。ただね、巌尾利兵衛が凶行に走った理由は精神疾患だったとか、一夜のうちに村民の半分を惨殺したとか、挙句の果てには赤ん坊を連れ去り、逃げ込んだ山で食糧代わりにしたなんて逸話まで捏造されている。顔も名前も知らなかった祖父さんに愛着なんて湧きようもないが、自分の先祖が本当に何をしたのかは気になるだろ」

「それが姫野村に移ってきた理由だったんですね」

「上司の覚えがめでたかったから、休職扱いを捥ぎ取るのは簡単だった。巌尾利兵衛の事件の真実を知り、ついでに祖父さんの骨でも発見できれば満足だったんだが、来てみれば令和の世だというのに巌尾利兵衛の祟りなんてのが村の恐怖になっていた」

「先祖の祟りを祓うつもりだったんですか」

「神官じゃあるまいし、そんなつもりは微塵もなかった。ただ祟りというのは、あまりに非科学的だ。できることなら祟りのメカニズムを解明しようと思ったのさ。村にひどい迷惑をかけた男の子孫としては最低限の使命感というかさ」

麻宮は事もなげに言うが、その内心を想像して裕也は慄然とする。もし調査の途中で麻宮が巌尾利兵衛の孫と知れればただでは済まなかったはずだ。それを承知の上で村の中を動き回っていたのだから、麻宮の勇気には感心するしかない。

「君や吹邑の助けもあって、巌尾利兵衛の死後の祟り話については名誉を回復できた。礼を言うよ」

「そんな。僕なんて何の役にも立てなかったのに」

「コロナ禍の中、排他的な村で四面楚歌だった俺に親しくしてくれたのは君だけだった。それだけでずいぶん助けられたよ。今までありがとう」

麻宮は右手を差し出してきた。切なさが胸を締めつける。裕也は無理に笑顔を作って、差し出された手を握る。

「もう姫野村には用がなくなったんですね」

「うん」

「じゃあ、二度と戻ってきませんよね」

「吹邑はともかく、俺にはここの水は合わない」

「いつか麻宮さんの住んでいる街に行ってもいいですか」

「大した街じゃない」

「この村以外ならどこだって大したところです」

「……来れたら来ればいい」

何やら意味深に言って、麻宮はスポーツカーの運転席に滑り込む。都会の風景の一部であろう真っ赤なクルマも、これが見納めになる。

「世話になった」

エンジンを始動させたその時、麻宮は思いきったようにこちらを向いた。

「祟りのメカニズムを説明した晩のことを憶えているかい」

「もちろん」

多分、一生忘れないだろう。

「あの時、敏夫さんの死について訊かれた時、俺は適当に流した。敏夫さんの死に方は俺たちが解明したメカニズムからは逸脱していたからな。倒れていた用水路は洞窟からかなり離れていた。音源の直線上に位置しているのは本当だが、あれだけの距離があっては音圧で臓器を機能不全にするのは不可能だ」

「風の仕業じゃないんですか」

「あれだけは違う。敏夫さんには何か持病でもあったかい」

「聞いたことないです」

「では尚更、辻褄が合わなくなる。俺の適当な説明で若い衆たちが納得したのは、洞窟が巨大な笛だという事実に驚いて子細な点まで注意が及ばなかったせいだ。だが、いずれ誰かが気づくに違いない」

麻宮はそれだけ言うと、前方に向き直る。

「これで本当に最後だ。さようなら」

スポーツカーはゆるゆると県道に入ると突然加速し、あっと言う間に見えなくなった。

裕也は麻宮を見送りながら、あの晩の出来事を反芻する。

八月二十五日、朝から降り出した雨は午後二時の時点で土砂降りになっていた。農作物を生活の糧としている村民には田畑の状態は死活問題だ。いくら気象庁が「豪雨の最中は田畑や河川に近づかないでほしい」と注意を促したところで、溜め池や排水設備がちゃんと機能しているかを確かめずにはいられない。現に敏夫もビニールハウスの様子を見に外へ出ていったところだ。

空はいよいよ黒くなり、雨足はますます強くなる。雨音と飛沫の上がる音が協奏し、窓の外はオーケストラで騒がしい。表に出れば雨が肌に刺さるような勢いだ。

風も強くなってきた。雨を横殴りにし、窓を激しく叩く。麻宮宅は大丈夫だろうかと眺めれば、窓を覆ったポリカーボネートは見事にその役目を果たし、雨風を弾いていた。割れた窓をすぐに補修した吹邑の判断は正しかったと言える。

夕刻を過ぎ、遂に鬼哭山が哭いた。

おろろろろろおお。

おろろろろろおお。

敏夫がまだ帰らないので、さすがに心配になった。母親は巌尾利兵衛の声を聞いたせいで部屋に閉じ籠っており、まるで役に立ちそうにない。

裕也はレインコートを被り、豪雨の中に飛び出した。レインコート越しでも雨が矢のように刺さるのが分かる。

十メートルも視界を確保できずに歩いていると、前方に父親の姿を見つけた。敏夫の方もほぼ同時に気づいたようだった。

「ハウスが保ちそうにない」

第一声がそれだった。心配して捜しに来た息子への労いの言葉ではなかった。

「補強材を取りにいかにゃならん。一緒に来い」

「台風がすぐそこまで迫ってる。それに鬼哭山から利兵衛の声も聞こえた。もう家に戻ろうよ」

「馬鹿か、お前は」

敏夫の声は激しい雨音に紛れることなく、克明に聞こえる。

「ウチの大切な収入源だぞ。ハウスが潰れたら中の作物が台無しになる。そうなりゃおまんまの食い上げだ」

「災害時に優先するこっちゃないだろ」

「農家の人間が作物を優先せんでどうする」

敏夫は怒鳴りつけた。

「お前も後継ぎなら、多少危険を冒してでも田畑を護ることを優先させろ」

理不尽な話だと思った。だから自然に口をついて出た。

「農家を継ぐ気なんてないから」

その瞬間、拳が飛んできた。

勢い余って、裕也は地面に倒れる。

「こんな時につまらん冗談、言うな」

こちらに向けた背中を見ているうちに、今まで父親から浴びた雑言が甦る。

『近づくなと命令したのに、どうして話している』

『口答えするな』

『お前の将来は俺が決めてやる』

いい加減にしてくれ。

もう、うんざりだ。

その時、敏夫が泥濘に足を取られ、用水路に落ちた。

落ちても膝上の水深しかない。敏夫は急な水流に苦労しながら立ち上がろうとする。

「手を、手を引っ張ってくれ」

こちらに背を向けたまま敏夫は命令する。

瞬間、裕也の中で理性が弾けた。

父親の後ろに駆け寄り、力任せに背中を突き倒す。足元の覚束ない敏夫は堪らず用水路に倒れ込む。

「何を」

皆まで言わせなかった。父親の背に乗り、体重をかけて渾身の力で用水路に押し込む。意表を突かれた襲撃に、敏夫は抵抗らしい抵抗もできず水流に顔を突っ込まれる。逃げ出そうにも、用水路にすっぽり身体が嵌った状態ではどうすることもできない。

裕也の下でしばらく動いていた背中が一度大きく上下し、それきり動かなくなった。裕也が離れても二度と起き上がらなかった。

裕也は踵を返して一目散に逃げた。家に戻り、レインコートを元の場所に放り出して自室に閉じ籠る。外の雨風の音に紛れて、母親には気づかれていないようだった。裕也は布団を頭から被り、震え続けていた。

不意を突いた犯行だったので争った形跡はない。それどころか、この土砂降りが全ての痕跡を洗い流してくれる。ちょうど鬼哭山からの声が聞こえたので、この犯行も巌尾利兵衛の祟りで片づけられそうな期待があった。事実、村人たちはそう決めつけてくれたようだった。

だが麻宮はそう考えていない。吹邑も同様だ。

証拠を残した憶えはない。しかしあの二人は確実に裕也を疑っている。だからこそ、別れの言葉がどことなくよそよそしかったのだ。

吹邑は裕也を糾弾するような素振りではなかった。麻宮は更に顕著で、裕也本人の一存に任せるような口ぶりだった。

『だが、いずれ誰かが気づくに違いない』

他の誰かが気づく前に自首しろというのか。それとも徹底的に口を拭って生きろというのか。

忌まわしい血縁に真正面から立ち向かおうとした麻宮と、鬱陶しい血縁を一方的に断ち切ろうとした裕也は表裏一体の立場にある。

自分はこれからどうするべきなのだろう。

麻宮の去った後を眺めながら、裕也は途方に暮れていた。

初出
ジャーロ　75号（二〇二一年三月）～84号（二〇二二年九月）

＊本作品はフィクションであり、
実在の人物・団体・作品・事件などには一切関係がありません。

中山七里
（なかやま・しちり）

1961年、岐阜県生まれ。
2009年『さよならドビュッシー』で
第8回『このミステリーがすごい！』大賞を受賞しデビュー。
驚異的な執筆量で、「能面検事」シリーズ、「岬洋介」シリーズ、
「御子柴礼司」シリーズなど人気シリーズ作を量産する。
近著に『能面検事の死闘』『ヒポクラテスの悲嘆』
『有罪、とAIは告げた』『彷徨う者たち』など。

2024年5月30日　初版1刷発行

鬼の哭く里

著者　中山七里

発行者　三宅貴久
発行所　株式会社　光文社
〒112-8011　東京都文京区音羽1-16-6
電話　編集部　03-5395-8254
書籍販売部　03-5395-8116
制作部　03-5395-8125
URL　光文社　https://www.kobunsha.com/

組版　萩原印刷
印刷所　萩原印刷
製本所　ナショナル製本

落丁・乱丁本は制作部へご連絡くださればお取り替えいたします。

ISBN978-4-334-10326-2